キノの旅 II

— the Beautiful World —

時雨沢 恵一

KEIICHI SIGSAWA

イラスト：黒星紅白

ILLUSTRATION : KOUHAKU KUROBOSHI

「狙撃兵の話」―Fatalism―

森がありました。とても豊かな森です。丘がありました。森を一面見渡せる、高い丘です。

丘の上に、一人の狙撃兵がいました。狙撃兵は、長い狙撃用のパースエイダー（注・銃器）に抱きついてうつぶせになっています。

夜でも遠くでもよく見えるスコープを覗きながら、森の隅から隅まで、目を光らせていました。

今、森の中にあるきれいな湖の脇で、何かが動きました。狙撃兵の興味がそっちに移ります。

狙撃兵の目には、湖の畔で、一糸まとわぬ姿で楽しそうにはしゃぐ、男の姿が映りました。

狙撃兵はなんかしばらく硬直していましたが、すぐにその男に――少し背が低くて、ハンサムな若い男です――ぴたりと狙いをつけました。後は引き

金を絞るだけで、弾はものすごい速さで飛び出して、男を殺してしまうでしょう。湖水は真っ赤に染まるでしょう。

狙撃兵が呼吸をととのえ、引き金に指をかけたその瞬間です。

「やめてくださいね」

狙撃兵の頭の後ろから、透き通るような、きれいな声が聞こえました。狙撃兵は少し驚いて、ゆっくりと頭だけを起こして振り向きました。そこには、一人の女性が立っていました。

彼女は、素敵な服を着た、つややかな黒髪を持つ、とても美しい人でした。

そして右手には、大口径のリヴォルバーが握られています。狙撃兵の頭にぴったりと狙いをつけていました。

「驚かせてごめんなさい。でも動かないで。外れると弾と火薬がもったいないから」

女の人が言いました。狙撃兵が、ゆっくりと口を開いて聞きました。

「なぜ？」

女の人は微笑んで、でもきっちり狙いはつけたまま、

「あなたが、森の中にいる人を殺してしまったからです。近くの国に住む、殺された人の家族や友達や恋人が、私に依頼したのです。あなたを殺すように、と」

そう言うと、狙撃兵が聞きました。

「つまりあなたは、わたしを殺すためにここにいる訳ですね？」

女の人が頷いて、狙撃兵はまた聞きました。

「それならば、なぜもう撃たないのですか？」

それを聞いて、女の人はすこし困った顔をしました。彼女は、それはとてもいい質問ですね、と言った後、すこしやっかいな自分の身の上を、説明しはじめました。

「実は、殺すように依頼を受けた後、同じ国の人から、同じ金額を払うから絶対に殺さないでくれ、全てをそのままにしておいてくれ、とも依頼を受けたのです……。あなたを殺してほしいと願う人はたくさんいました。でも同時に、あなたのお陰で積年の恨みが晴れた、近所のうるさいやつが消えた、遺産が早めに手に入った、家族の口減らしができた、不治の病人を楽にさせられた、失敗子育てをリセットしてくれた、等々、あなたに手を出さないでほしいと願う人も、同じくらいたくさんいました。その人達にとって、あなたは幸運の神様だそうです」

「そうですか」

「だから私は、あなたをどうしようか、私はどうしたらいいものか、悩みながらここに来て、今も悩んでいます」

「それならば」

「それならば？」

「わたしに命令してください。今までは見かけて狙えそうな人は全て撃ってきました。これからは、その内の何人に一人しか撃たないようにします。その数字を、あなたが決めてください。わたしはそれに従います。これから、森の中で死ぬ人は少なくなるでしょう。でも、絶対になくなるなんてことはないでしょう」

「なるほど」

女の人は、数字を決めて、狙撃兵に伝えました。それはとても複雑な計算が必要なややこしい数字でしたので、ここに書くことはしません。

女の人は狙撃兵を撃たないで、丘から森に戻りました。

森の中の湖では、男が、まだ泳いでいました。男は女の人を見つけると、泣きそうな顔をして言いました。

「師匠！　いつまで待たせるんですか！　もうだめかと思いましたよー！」

女の人は少し呆れて、いいから服を着なさいと言いました。

男は服をせっせと着ながら、女の人に訊ねました。

「で、俺達が生きてるってことは、ヤツは殺ったんですね？」

「いいえ」

その言葉に、男は驚きました。慌ててズボンをはこうとして、同じところに両足を入れて、ひっくり返りました。

女の人は、ことの次第を男に説明しました。

「で、でもそれだと、今にでも撃たれる可能性は、数の上ではあるってことじゃないですか？」

男が言いましたが、女の人は、そんなことは当たり前のようにぜんぜん気にしないで、すたすたと自分達の車——小さくてぼろぼろ。今にも自壊しそうです——に向かって歩き出していました。男が慌てて後を追います。

車に乗って、男が聞きました。

「どうするんです？　国に行っても、ヤツを殺ってないから、成功報酬はもらえませんよ。そのままにしてもいない訳ですから、もう一方からだってもらえないでしょう」

「分かっていますよ」

そして女の人は優雅に微笑んで、エンジンをかけました。

「前払い金を両方からもらっています。それを持って逃げます」

「…………」

男はとても何か言いたそうでしたが、女の人はそれを無視すると、車を急発進させました。

一瞬前まで車があったところに、大きな弾丸が飛んできました。それは、そこにあった木を真っ二つにしました。

車は走り去りました。

この森は今でもそこにあります。狙撃兵は今日も、丘の上にいます。

（おわり）

CONTENTS

口絵「狙撃兵の話」—Fatalism—2
プロローグ「砂漠の真ん中で・b」—Beginner's Luck・b—11
第一話「人を喰った話」—I Want to Live.—14
第二話「過保護」—Do You Need It?—46
第三話「魔法使いの国」—Potentials of Magic—56
第四話「自由報道の国」—Believers—98
第五話「絵の話」—Happiness—122
第六話「帰郷」—"She" is Waiting For You.—132
第七話「本の国」—Nothing Is Written!—146
第八話「優しい国」—Tomorrow Never Comes.—170
エピローグ「砂漠の真ん中で・a」—Beginner's Luck・a—222

何が正しいのか？ 誰が正しいのか？
何か正しいのか？ 誰か正しいのか？

— What is "right"? —

カバー・口絵・本文デザイン／鎌部善彦

プロローグ「砂漠の真ん中にて・b」
―Beginner's Luck・b―

雨が降っていた。

水が、途切れることなく大地を叩《たた》きつける。

辺《あた》り一面、水煙《みずけむり》と雨粒《あまつぶ》しか見えない。激しい雨音《あまおと》は、ずっと変わらない。昼なのに、暗い。

そんな土砂《どしゃ》降りの中に、一人の人間が立っていた。

若い人間。十五歳《さい》ほど。

着ている茶色の長いコートは、体だけを雨から防いでいた。短い黒髪《くろかみ》はすっかり濡《ぬ》れて、前髪《まえがみ》は額《ひたい》に張りついている。さらにそこから、水が止めどなく顔に流れる。口元に流れる水を、舌がそっと拭《ぬぐ》う。

「この地方に、こんな激しい雨が降るなんて珍しい。まずないことなのに……」

誰《だれ》かが、その人間に話しかけた。男の子のような声だったが、声の主《ぬし》は見えない。

ふと、茶色いコートの人間が、空を仰いだ。

雨が顔を叩《たた》き、容赦《ようしゃ》なく口の中に侵入する。水は両目《りょうめ》の脇を、涙のように流れていく。

「あはは！　あはははっ！」

急に、笑い出した。上を向いたまま、大きく口を開き、両腕を空に向けて伸ばしながら、

「あはは！　あはははは っ！」

楽しそうに笑い続ける。踊るように体を回転させて、ドレスのようにコートの裾《すそ》が舞う。

「あはは！　あはははっ！　あははは！　あはははは っ！」

しばらく踊り、笑い続けた後、その人間は水煙《みずけむり》のある一点へ顔を向け、そして訊《たず》ねた。

「どうだい？」

返事はない。もう一度聞いた。

「どう思う？　エルメス」

今度は声が返ってきた。

「どうにもこうにも……」

「どうにもこうにも？」

オウム返しに聞いた後、ややあって、淡々とした返事が来た。

「こっちとしては、面白くないなあ。でもまあ、ヒジョーに複雑な心境ってことで」

「あははは！　あはははは——」

再び顔を上げ、その人間は楽しそうに笑う。

声が聞いた。

「キノ。これからどうするのさ？」

「さあね。どうしようか？　どうしようか悩み続けようか？」

キノと呼ばれた人間はそう答えると、再び笑い続けた。

雨は、しばらく止《や》む気配がなかった。

第一話

「人を喰った話」

— I Want to Live. —

第一話「人を喰った話」
—I Want to Live.—

雪の森の中。

一冬《ひとふゆ》かけて積もった雪が、草を全《すべ》て押しつぶしていた。白い地面から、細長い葉を持つ高い木々が生えている。

枝の隙間《すきま》から見える空には、今にでもまた雪が降り出しそうな、どんよりとした低い雲が広がっている。太陽の光は弱い。

静かな場所だった。たまに枝からぱらぱらと雪が落ちる音《おと》以外は、何も聞こえない。風も吹いていない。

そこに、一匹の野うさぎがいた。耳先《みみさき》以外は真っ白な毛をしている。

うさぎは、浅い足跡を雪に残しながら少し進む。止まって耳や頭を小刻《こきざ》みに動かす。そしてまた跳ねて進む。

しばらくそれを繰り返した後、うさぎはぴたっと止まった。耳が動く。うさぎの白い頭に、赤い点が一つついた。それは光だった。


同じ森の中に、一人の人間がいた。

フードのついた防寒着を着て、靴先《くつさき》まで被《おお》うオーバー・パンツをはいている。毛皮がついた帽子をかぶり、黄色いレンズの一眼式ゴーグルをしている。顔を、首から伸びたフェイス・ウォーマーで覆《おお》っていた。

人間は木の幹《みき》に寄りかかり、膝《ひざ》を曲げた足を前に出して座っていた。ハンド・パースエイダー（注・パースエイダーは銃器。この場合は拳銃《けんじゅう》）を一挺《いっちょう》、膝の間で両手で保持していた。パースエイダーは細身《ほそみ》の自動式で、ハーモニカ形のサイレンサーがついている。バレルの下の小さな穴から、赤い光が伸びる。照準《しょうじゅん》用のレーザー・サイト。それは、うさぎの頭へまっすぐ向かっていた。

人間は、少し白い息を吐いた。引き金をゆっくり絞る。パースエイダーの中から、カチン、と何かを叩《たた》く音が聞こえた。

次の瞬間《しゅんかん》、うさぎの頭の、赤い点が当たっていた箇所から、血が噴き出した。

うさぎは一瞬《いっしゅん》ぶるっとふるえたが、すぐに倒れて、動かなくなった。頭からの出血は、白い毛皮を少し染めて、その下の雪を少しだけ融かした。

森の中に、道が一本あった。ひたすらまっすぐ、木が切り取られて造られた道だ。雪に覆《おお》われ、真っ白に固まっている。

その道の上に、一台のモトラド（注・二輪車。空を飛ばないものだけを指す）が止まっていた。座席の後ろは頑丈《がんじょう》なキャリアになっていたが、荷物はなく、袋が一つ縛《しば》ってあるだけだった。

モトラドは、雪上を走るために改造されていた。タイヤは前後とも、凍った道に突き刺さるようにスタッドが埋め込まれている。エンジン前のフレームには、自転車の補助輪のように、左右につき出したアームがあった。その先端に、足を置く板があって、その下に小型のスキーがついている。もしタイヤが滑っても転倒しないようにするためだ。

「しとめたよ、エルメス」

森の中から、足を縛《しば》って逆《さか》さに吊《つ》ったうさぎを手にした人間が現れて、モトラドにそう話しかけた。腹の前に、カバーつきのホルスターが斜めについていた。

エルメスと呼ばれたモトラドが、嬉《うれ》しそうに返事をする。

「お見事さん。これで携帯《けいたい》食料を減らさなくてすむね、キノ」

キノと呼ばれた人間は頷《うなず》くと、うさぎを袋に入れて、エルメスの荷台に縛りつけた。

キノはゴーグルとバンダナを取った。フェイス・ウォーマーを下げる。歳《とし》は十代後半ほど。そして短くて黒い髪《かみ》に、大きな目と精悍《せいかん》な顔を持つ。軽く汗を拭《ふ》いて、帽子をかぶり直した。そして言った。

「さて、急いで戻るか。これで彼らに死なれたら、ボクの立《た》つ瀬《せ》がない」

「タツセ?」

エルメスが聞いた。

「面目《めんもく》が立たないってことさ」

「誰《だれ》に?」

エルメスが再び聞いて、キノが答えた。

「うさぎにさ」

キノはエルメスのエンジンをかけた。森の静けさがエンジン音で壊される。キノはゴーグルとフェイス・ウォーマーをつけると、両足を補助スキーに乗せて、エルメスを発進させた。


白い道の隅《すみ》に、比較的新しいタイプのトラックが一台あった。タイヤと車体の下《した》半分が完全に雪に埋まっていて、まったく動けそうにない。屋根には雪が、分厚く積もっている。

少し離れた、森と道との境目《さかいめ》に、大きなテントが一つ立っていた。ドーム型のテントで、そこだけ落ち込んだように雪が窪《くぼ》んでいる。

やがてエンジン音が聞こえて、すぐにキノとエルメスが到着した。

テントの中から男が一人、這《は》い出るように顔を覗《のぞ》かせた。三十代ほどの男で、顔はこれ以上ないほど痩《や》せこけ、ひげと髪《かみ》は伸び放題。着ている防寒服も薄汚《うすよご》れている。

キノは袋の中のうさぎを出して、男に見せた。男は嬉《うれ》しそうな顔をしてそれを見上げ、テントの中に頭を戻した。すると、テントの中から、別の男二人も頭を出した。眼鏡《めがね》をかけた二十代ほどと、四十代ほどで白髪《しらが》混じり。共に痛々しいほど痩《や》せているが、うさぎを見て顔をほころばせた。

「食べられるようにしますよ。鍋《なべ》を貸してください」

キノがそう言うと、三十代の男が待ちきれない様子《ようす》で言った。

「そのままでいい。生でいいよ」

他《ほか》の男達も、今すぐにでも食べたいと訴えかけたが、キノは首を横に振った。

「ダメです。ツラレミアにでもかかったら、とんでもないことになりますよ」

男達は残念そうな顔をして、テントの中から大小、二つの鍋を取り出した。キノはそれらを受け取ると、男達に言った。

「できたら呼びますので、それまでは休んでいてください」

「ああ、分かった。……キノさん」

三十代男が、振り向きかけていたキノを呼び止めた。

「なんでしょう？」

男がキノの目を見据《みす》えた。

「ありがとな」

キノは軽く笑顔を作って言った。

「まだ早いですよ。……でも、どういたしまして」

この日の朝のこと。

厚い雲の下、キノとエルメスは、凍った道を走っていた。

スタッド・タイヤと補助スキーのおかげで、かなりのスピードを出している。

エルメスの後部キャリアには、鞄《かばん》の他《ほか》に防寒用のテントや寝袋《ねぶくろ》など、たくさんの旅《たび》荷物がくくりつけられていた。

ふと、エルメスが口を開いた。

「トラックだ。だいぶ先」

キノはゆっくりとアクセルを戻した。ブレーキを使わずにそのまま惰性《だせい》で走る。そして、雪に埋まったトラックの前で、ゆっくりと止まった。エンジンを切って、エルメスからおりる。

ゴーグルとフェイス・ウォーマーを下げた。

キノは腹のホルスターのカバーを開け、中からリヴォルバー・タイプのパースエイダーを右手で抜いた。キノはこれを『カノン』と呼ぶ。

キノはトラックに近づこうとして、すぐにテントがあるのに気がついた。そこから急いで顔を出した男と目があった。

三十代ほどのひげの男は、驚愕《きようがく》の表情でキノを見つめた。キノは『カノン』をホルスターに戻し、しかしグリップに手は添《そ》えたままで言った。

「今日《こんにち》は」

男はそれに答えず、テントから這《は》い出ると、弱々しく立ち上がった。テントからは別の二人の、やはり驚《おどろ》きの顔が覗《のぞ》く。

男がキノと、エルメスを見た。そしてか細《ぼそ》い声で聞いた。

「あ、あんた、モトラドで旅してんだな……。なあ。何か食べ物持ってないか……？」

その様子《ようす》を見て、エルメスが淡々《たんたん》と言った。

「なるほど。事情はだいたい飲み込めた」

キノが言う。

「ないことは、ないです。いつからここに？」

「聞いて驚くなよ……。冬の入《はい》りしなからだ」

キノが驚きを少し顔に出して、エルメスは声に出した。

「驚いた。するともう相当だね」

「ああ。いつもより早く、雪が急に降ってきて、猛吹雪《もうふぶき》になって、それ以来立《た》ち往生《おうじよう》だ……」

「大往生《だい》じゃなくてよかったね」

エルメスが言って、誰《だれ》も笑わなかった。

「トラックにも、食料はないんですね」

キノが確認するように聞いて、男は悲しそうな、辛そうな顔をした。

「あったけど全部食べちまったよ……。とっくにだ。もちろんある程度は持っていたんだが、こんなに閉じ込められるとは思わなかった。うかつだったよ。ずっと、誰《だれ》かが通りかかるのを待ってたんだ。たのむ！　何か、食べ物を分けてくれ……。三人いるんだ……」

男がテントを指さして、すがるような表情の二人がキノを見た。

「たのむよ……」

男が拳《こぶし》を合わせてキノに嘆願《たんがん》する。キノは軽く息を吐いて、言った。

「食料は、携帯食《けいたい》ですがあります。でもボクも、基本的に一人分しか持っていません。余裕《よゆう》があるにしても、残念ながら三人は厳しいです」

男達が息をのむ声が聞こえた。

「でも」

キノがそう言って、男達が顔を上げる。

「狩《か》ってくることはできます。この辺《へん》はきっと動物がいますし、暖かくなりかけですから、何とかなるでしょう。ある程度《ていど》元気を取り戻せば、トラックも動けるようになるかもしれません。燃料はまだあるんですね？」

「ああ、ある！　じゃあ？」

男は嬉《うれ》しそうにキノに聞き返した。キノは三人の熱い視線を感じながら、軽く頷《うなず》いた。

「ええ。何日かおつきあいしましょう」

キノの台詞《せりふ》に、男達の顔がほころんだ。口々に礼を言った。

「あんた、名前は？」

目の前の三十代男が聞いた。

「キノ。こちらはエルメス」

「キノさんか。これ、ちょっと見てくれ」

男はそう言いながら、ポケットから小さな箱を取り出した。開けてキノに見せる。中には一つ、指輪が入っていた。銀のリングに、小さなグリーンの宝石がいくつかついている。

「これ、結構《けっこう》価値あるはずだ。俺達《おれたち》全員を助けてくれるお礼だ。もらってくれ」

男はそう言って、箱をキノに差し出した。

「まだ早いですよ」

「いいんだ。持っててくれ。妻に持って帰るつもりで手に入れたんだ。でも、肝心《かんじん》の俺が死んじゃあ意味がないからな」

「…………」

キノはそれを手に取ると、一回開いて見た。特に表情を変えず、しばらく見ていた。

「分かりました。最後に報酬《ほうしゅう》としてもらうことにします。それまでは、持ってます」

キノは箱をポケットにしまった。男達に言う。

「しばらく待っていて下さい。獲物《えもの》を捕ってきます。荷物は置いていきますが、そのままでお願いします。ボクの持っている携帯《けいたい》食料よりは、お肉の方が美味《おい》しいですよ」

キノはエルメスから荷物を全《すべ》ておろし、袋《ふくろ》を一つだけキャリアに縛《しば》りつけた。

そして狩りに向かった。

キノは、料理に取りかかった。

木のそばの雪を、地面が見えるまで掘った。そこに固形《こけい》燃料少しと、古《ふる》新聞、いくつかの木を集めて火をおこした。ロープで鍋《なべ》を木から吊《つ》り、うまく火が当たるように調整した。なるべくきれいな雪を入れる。

キノはうさぎを、普段は射撃《しゃげき》練習に使う鉄板の上に置いた。数秒、もう動かないうさぎを見て、さらに数秒、目を閉じていた。

簡単な黙禱《もくとう》の後、解体に取りかかった。

キノは今している手袋を外し、薄いゴム製の手袋を、両手にはめた。防寒着の両袖《りょうそで》まで被《おお》う。

折《お》り畳《たた》み式のハンティング・ナイフを取り出した。うさぎの背中、真ん中辺《あた》りで毛皮に、くるりと胴体《どうたい》を一周する切れ目を入れる。

次に両手で、毛皮を左右に引っ張った。完全に首と足先が見えるまで引っ張り、そこで断ち切る。

うさぎは、先ほどより一回り小さい、ピンク色の肉の塊《かたまり》になった。

キノはその喉元《のどもと》から、肛門《こうもん》まで縦に腹部を切り開き、内臓《ないぞう》を取り出した。腹にぽっかり空《あ》いた空洞《くうどう》を雪と紙で拭《ぬぐ》った。軽く水で流す。

キノは四肢《しし》の根元に切れ込みを入れて、股関節《こかんせつ》を折るようにして外した。後ろ足は膝《ひざ》で二つにした。胴体《どうたい》は適当な大きさに切り割る。

解体は終わり、うさぎは、店で売っていてもおかしくない〝お肉〟になっていた。

キノはたき火を調節して、鍋《なべ》の水から目立つゴミをすくった。

そして、鍋に肉を入れる。まな板《いた》代わりに使った鉄板を雪でふいて、火に掲げて消毒する。

ここで初めて、キノはゴム手袋を外した。

しばらくして、肉が煮《に》えた。

男達はキノに呼ばれ、それぞれの皿とカップを手に、ふらつきながらもテントから出て火に当たった。やつれた顔の中で、目だけが大きく、異様《いよう》に輝いている。

キノに、塩とこしょうを振りかけた肉を取り分けてもらい、男達はしばらく目の前の食べ物を静かに眺《なが》めていた。やがて、男達の垢《あか》だらけの頬《ほお》に、涙が流れていった。

「ちくしょう。夢じゃねえよな……」

「食べてみれば分かりますよ。多分消えないはずです」

キノが言った。

そして彼らは、指先で肉を小さくほぐしながら、ゆっくりと口に運んでいく。何度も噛《か》んで、飲み込んで目を閉じて息を吐いた。

「うめえなあ……」

四十代の男が、ぼろぼろ泣きながらつぶやいた。

「うまい……」

二十代の男も、ゆっくりとした手の動きを休めずに、静かに涙を流しながら言う。もう一人は、目を閉じたまま、しばらく肉の感触を確かめるように噛んで、嚥下《えんか》した。

「ああ。うまい、うまい。こんなうまいもの、久しぶりに喰《く》ったな……。ちょっとしょっぱいけどな」

男達は、泣きながら笑った。手で涙を拭《ぬぐ》う。垢《あか》が少し落ちた。

キノは別の鍋で沸かしたお湯でお茶を作り、それぞれのカップで出した。その際に、男達の手に、錠剤《じょうざい》をいくつか渡す。

「ビタミンや、その他《ほか》いろいろの錠剤です。これは予備がありますから」

キノがそう言うと、一番若い男が顔をほころばせた。

「ありがてえ。フルコースだ」

「キノさん。あんたはいいのか、肉？」

三十代の男が聞いた。

「余《あま》ったらでいいと思ってたんですが、この調子なら全部食べられそうですね。ボクはいつもどおりこれでいいです」

キノはそう言って、四角い粘土の塊《かたまり》のような携帯《けいたい》食料を見せた。

「ありがとうな」「ありがとよ」

男達の神妙《しんみょう》なお礼に対して、キノは、

「できれば、あそこのあれにも」

そう言いながら指をさした。

そこには木の枝に、キノが解体したうさぎの毛皮、下半身分《かはんしん》と上半身分《じょうはんしん》がかけてあった。光を失ってどす黒くなったつぶらな目が、四人を見ていた。

すると男達は、誰《だれ》からともなく皿とカップを雪の上に置くと、両手の拳《こぶし》を顔の前で合わせて目を閉じた。

キノ、そしてその後ろに止まっているエルメスが見ている前で、彼らはゆっくりと、神への感謝の辞《じ》を述べた。

「神様、ありがとうございます。私達の他《ほか》に、血の流れる生き物を作って下さって……。そして神様。生きていくために殺した、私達をどうかお許し下さい……」

男達の祈りはしばらく続き、キノは携帯食料をまずそうに口に入れながら、それを眺《なが》めていた。

その後男達は、たっぷりと時間をかけて、肉を全《すべ》てたいらげた。


日が暮れ始めて、それまでも明るくなかった空がいっそう暗くなる。景色はグレイ一色に変わり、静かに濃くなっていく。

キノは小さな自分一人用のテントを、男達のテントの、トラックを挟んだ反対側に張った。

この日最後《さいご》にと、男達にお茶を出した。彼らは再び感謝して、自分たちのテントに戻った。

キノは、エルメスのエンジンとタンクにカバーをかけて、自分のテントに潜り込んだ。


次の日の朝。

キノは、まだほとんど辺《あた》りが暗いうちに起きた。空は相変わらず雲に被《おお》われ、粉雪《こなゆき》が少し舞っていた。

キノは雪の上で体を動かし、『カノン』で何度か抜き撃《う》ちの練習をした。

一人で携帯食料の朝食を取った後、エルメスを叩《たた》いて起こし、エンジンをかけた。袋《ふくろ》を縛《しば》りつける。

爆音で目覚めた男達に、カップを持って来るように伝えた。カップに雪を入れ、エルメスのエンジンやエキゾースト・パイプにくっつけると、雪はすぐに融《と》けた。

「お湯を作るためのエンジンじゃないんだけどねぇ」

エルメスがぼやいて、キノはなだめるように言った。

「いろいろ役に立つってことさ」


この日。

キノは、再びエルメスと狩りに出て、立て続けに二頭のうさぎをしとめた。一頭は大きかった。

戻ってきて同じように解体して、最初の一頭を昼過ぎに、同じように煮《に》た。

男達はテントから出てくると、再び感謝の辞《じ》を捧《ささ》げながら食べた。そして、またテントに戻って休む。

キノは適当に木の枝を切り落として、薪《まき》の足《た》しにするために吊《つる》しておいた。

もう一頭分の肉は、夕方近くに調理した。

男達は全《すべ》てたいらげた。たき火の脇には、きれいにしゃぶられた骨の山ができた。

食べながら男達は、もしキノが自分達の国に立ち寄ることがあれば、滞在中に体重が倍になるほど、何でも好きなものをおごると、笑顔で約束した。

彼らの体力は急速に戻りつつあり、普通に歩いてふらつくことはなくなった。

夜になると雪は完全にやんで、雲には少しずつ切れ間が現れてきた。ぽつりぽつり、空に星が見える。

キノはテントの中で寝袋《ねぶくろ》に入っていた。その前に止まっているエルメスが話しかける。

「キノ。起きてる？」

「ああ」

「こんな寄り道してて、いいの？」

エルメスの問いに、キノは正直に答えた。

「よくないよ。いくら暖かくなってきたとはいえ、早くこの森を越えてしまいたい」

「なら」

「報酬《ほうしゅう》があるからね。指輪をもらえる」

キノはいつもと変わらぬ口調で答えた。

「そんな物のどこがいいのさ」

エルメスがそう言うと、しばらくテントの中でごそごそ音がした。そしてキノの左手だけが、すっと出てきた。その中指に、指輪がはめてあった。

「どう？」

キノが手を、裏表返《うらおもてかえ》しながら聞く。

「似合《にあ》わない」

エルメスはすぐに返事をした。手はゆっくり引っ込んで、声が返ってくる。

「……ボクもそう思う。クラッチ握るのにじゃまかな。でも、売れば価値がある。それに、人助けは悪いことじゃないよ」

「さいで」

エルメスは短く言った。


次の日。つまりキノが男達と会ってから三日目の朝。

キノが目を覚ますと、空は薄く蒼《あお》みがかり、どこまでも澄んでいた。雲はない。

体を動かすキノの後ろで、オレンジ色の光の塊《かたまり》が昇っていった。影が長く、雪の上に伸びる。

やがて、男達が目を覚ました。足取りはしっかりとして、彼らは自分達でお湯を沸かした。

「だいぶよくなりましたね」

キノが言って、男達は頷《うなず》いてみせた。

「ああ。ありがとよ」

キノは朝食にと、自分の携帯《けいたい》食料を分けた。四人でもそもそと食べる。

食事後。お茶を飲みながら、男達は楽しそうに故郷の話をした。

「俺達が家に帰ったら、国の連中さぞかし驚くだろうな。こんなところで遭難《そうなん》してたとは思ってもいないだろうし。撃《う》ち殺されてると思われてるかもな」

「墓も、もうできてるだろ」

「いいですね。自分の墓参《まい》りか」

三十代の男がキノにあんたの国はどこだいと聞いたが、キノは首を横に振って答えた。

「そうか……。すまなかったな」

男はそう言って、会話をうち切った。


だいぶ日が昇り、気温もゆっくりとだが上昇する。

男達はキノに、トラックを動かせるようにしたいと話しかけた。手分《てわ》けして雪を掘り、トラックの前後にスロープを作れば、なんとか埋もれている状態から脱出できるかもしれない。トラックさえ動けば、後は最寄《もよ》りの国まで行ける。

三十代ほどの男がキノに言った。

「まず車から荷物をおろしたい。よかったら手伝ってほしい」

キノと男達は、トラックの後ろに回った。

荷台には錠前《じょうまえ》が三つもかかっている。三十代の男が、他《ほか》の二人から鍵《かぎ》をそれぞれ渡され、扉《とびら》を開けて中に入った。中でがちゃん、と音がする。四十代の男が、少し離れたところからキノに話しかけた。

「キノさん。あのモトラド、大丈夫《だいじようぶ》か？」

キノが、意味が分からずに振り返る。同時に、三十代男が荷台からすっと体を出した。両手に長いパースエイダーを持っていた。振り向いたキノに狙いをつけた。

キノは男のパースエイダーを見た瞬間《しゆんかん》、右手がホルスターに伸びたが、すぐに抜くのをやめた。何気ない顔を、自分を狙うパースエイダーに向ける。

「いい判断だ。そのまま抜いていたら、俺は間違いなく撃《う》ってたよ」

男がパースエイダーを隙《すき》なく構えながら、荷台から下りてキノに言う。

「それはどうも」

キノは特に驚《おどろ》くでもなく、普通に言い返した。別の男二人は、厳《きび》しい顔をしながらキノから数歩下がった。三十代男が言う。

「ホント言うと撃《う》ちたくないんだ。俺達は、大切な商品を傷《きず》一つなく届けることにプライドを持っているからね」

「商品、ですか？」

キノが聞いて、四十代の男が答えた。

「ああ。俺達は、人材派遣《はけん》業ってヤツをやってる。人が商品なんだよ」

すると、キノの後ろ、離れたところに止まっているエルメスが、いつもと変わらぬ口調《くちよう》で言った。

「なんだ。おっちゃん達、人さらいか。奴隷《どれい》商人とも言う」

パースエイダーを構える男は苦笑《くしょう》しながら、

「そうはっきり言うなよ……、でもまあそのとおりだ。そこで、元気になった以上、生きていくために仕事をしなくてはならない。だからキノさん。俺達はあんたを、買ってくれる人のところに連れていく。抵抗しないでくれな」

エルメスが言う。

「そっちはそうでも、こっちは困るんですけど」

すると、四十代の男が言った。

「安心してくれ、エルメス君。君の相棒《あいぼう》はなかなかの美形だ。磨《みが》けば光るし、若いからきっと高く売れる。俺達は、いつも宝石やきれいな服で商品を飾る。だから、セットで卸《おろ》してやってもいい。ぶっ壊すようなことは、しないよ」

「どうにも、話が分かりやすくていいですね」

キノは体を動かさないまま、淡々《たんたん》と言った。

三十代男が、キノの目を静かに見据《みす》えながら、そして狙いをつけたまま言う。

「悪く思わないでくれ。助けてくれたことには、心から感謝する。うまかったよ……、とてもうまかった。でもな、例えるなら、俺達はオオカミなんだ。オオカミにはオオカミの生き方があるんだ。生きるために仕方なく、な」

「なるほど」

キノはゆっくりと、両手を上げた。

「よし。腹のリヴォルバーを、ホルスターごと外すんだ。左手で、ゆっくりとだ」

キノはゆっくりと、左手で『カノン』のホルスターをベルトから外した。

「投げろ」

キノが放って、男達との間に落ちる。どすっ、と音がして、半分雪《ゆき》に刺さった。

二十代の男がそれを拾いに行こうとして、隣《となり》の四十代の男がそれを制した。そして言う。

「防寒着を脱げ。ゆっくりとだ。片手ずつ、前に抜け」

キノが言われたとおりに防寒着を脱ぐ。下には黒いジャケットを着ていて、腰を太いベルトで締めている。ベルトにはいくつかポーチがついていた。

「後ろを向け。ゆっくりでいい」

キノが後ろを向く。ベルトには、うさぎをしとめたパースエイダーが、軽く挟み込む形のホルスターに収まっていた。キノはこれを、『森の人』と呼ぶ。

「やっぱりな。そのパースエイダーも、右手でゆっくり抜くんだ。そして投げろ。ゆっくりだ」

「よく、分かりましたね」

キノがエルメスを見ながら言う。右手で『森の人』のバレルを握り、ホルスターから外して投げる。

「手を上げてこっちに向け。ゆっくりだ」

キノが両手を上げて、ゆっくりと男達に向く。

二人がキノに近づこうとして、今度はパースエイダーで狙う三十代男が、それを制した。

「待て。ナイフを持っていたな。どこだ？」

キノは、どこか悲しげな表情をして、ぶっきらぼうに言った。

「あちこちに」

「全部捨てろ」

キノはゆっくりと、右手をジャケットの裾《すそ》ポケットに入れた。料理に使った折《お》り畳《たた》み式のナイフを取り出して、そのまま放り投げた。

キノはゆっくりと、右手をベルトのポーチにのばした。そこからナイフのグリップを引き出すと、折り畳み式の刃《は》は、ぱちんっ、と自動的に起きてロックされた。それを放った。

キノはゆっくりと、右手をジャケットの左裾にいれた。そこから、両刃《もろば》のナイフを抜き取った。それを放る。今度は左手を右手の裾に入れて、同じナイフをもう一本、放った。

「…………」

男達が黙って見ている前で、キノはゆっくりと、オーバー・パンツを脱ぎ始めた。脇のファスナーをおろし、片足ずつ取る。下にはいていたブーツとパンツが見えた。

キノはゆっくりと、しゃがむように腰を落として、右手でブーツのすね部分に縛《しば》りつけられたシースから細身《ほそみ》のナイフを抜いた。それを放った。同じようにして、左手でも、左足のナイフを抜いて放った。

落ちたナイフが別のに当たって、カチンと音がした。

「お前……、ナイフ屋か？」

二十代の男が、思わずつぶやいていた。

キノはゆっくりと、右手でベルト右腰《みぎこし》の後ろから、シースに入ったナイフを抜いた。両刃《もろば》の刃渡《はわた》りが十五センチほど。グリップが太い円筒形《えんとう》をしたナイフだった。

キノはそれを右手で握り、左手で添えるように刃《は》を持っていた。

キノがパースエイダーを構える男の目を見ながら、ゆっくりと言った。

「これで最後です」

「捨てろ」

そう言った三十代男の額《ひたい》に、赤い点が一つついた。それは光だった。

ぱぱぱん！　と乾いた破裂音《はれつ》が三つ続いた。ナイフのグリップ、刃との境目《さかいめ》には小さな穴が四つあり、そのうち三つから弾丸《だんがん》が飛び出す。

男の額の、赤い点が当たっていた箇所から血が噴《ふ》き出した。

四十代の男は、破裂音と同時に自分に向けて突っ込んでくるキノを見て、とっさに左手を振った。キノはその下をくぐり、左手で相手の左手を後ろから押さえる。ナイフを男の左背中《せなか》の真ん中辺《あた》りに、体全体をぶつけながら深々《ふかぶか》と突き刺した。

刺された男が、がっ！　と短く声を出すと同時に、額《ひたい》に小さな穴を三つ開けた男が、崩れるように倒れた。

キノはそのまま、ナイフと男を突き押して、二十歳代《さいだい》の男にぶつけた。

痩《や》せた男が倒れるのと、キノが雪の中から『カノン』を抜くのが同時だった。

キノはハンマーをすぐに起こし、死体の下敷《したじ》きになって、仰向《あおむ》けに倒れている男の前に立った。

「ひやっ！」

男が悲鳴を上げた。キノは顔を真っ赤に染めてとなりに倒れている男を、ちらっと見た。そして『カノン』を最後の一人に向ける。

「たすけ――」

轟音《ごうおん》、白煙《はくえん》と同時にキノの右手が跳ね上がり、男の歯がいくつか、ポップコーンみたいにはじけた。

男の頭は一瞬《いっしゅん》、電気ショックを受けたように跳ねて、すぐに収まった。口の中に血がたまり、一回だけ、肺から押し出された空気が、ごぽっ、と泡を作った。溢《あふ》れた血は、首の下の雪を、少しずつ融《と》かしていった。

キノは、三人分の死体の前に立っていた。その血からは、うっすらと湯気《ゆげ》が立っている。

「危なかったね」

エルメスが、後ろからキノに言った。

「ケガは？」

「ないよ」

キノは短く言って、すぐに、

「怖かったよ。終わってしまうかと思った」

そうつけ足した。

それからしばらく、キノは『カノン』を右手に持ったまま立っていた。

澄んだ青空と輝く銀世界の間で、キノの奥歯《おくば》がかちかちかちかちかち鳴っていた。


「もうだいじょうぶ？」

エルメスが聞いた。

「もう大丈夫《だいじょうぶ》だ」

キノが頷《うなず》きながら言った。死体からは、もう湯気は出ていなかった。

キノは、トラックの荷台の前に立った。

注意深く『カノン』を構えながら、ゆっくりと扉を開けた。

「なるほど」

キノはつぶやいて、しばらく荷台の中を見ていた。そして、扉《とびら》を両方開いた。荷台に光が射し込む。

それほど広くない荷台の中に、真っ白な骨がたくさん転がっていた。

人の骨だった。細い肋骨《ろっこつ》。細かい指の骨。へらのような、割られた腸骨《ちょうこつ》。折られて、中の随《ずい》をすすられた大腿骨《だいたいこつ》。

使い切った固形《こけい》燃料の容器が、いくつか転がっていた。荷台を一部はぎ取った鉄板も。その上に、焦《こ》げた背骨が数個のっていた。

荷台の角《かど》には、骨の主《ぬし》の首があった。

長い金髪《きんぱつ》が荷台のパイプに結びつけられて、それほど大きくない頭部が、軽く下を向いてぶら下がっていた。恐らくは、キノと同じ年頃《としごろ》の少女。

目も鼻もなく、静かに黒い穴があいている。頬《ほお》や顎《あご》の皮膚《ひふ》と肉が削《そ》がれて、顔は下へ行くほど頭蓋骨《ずがいこつ》がむき出しになっている。大きく開いた下顎《したあご》が、かろうじてつながっている。

前頭部には、ぽっかりとこぶし大の穴が開いていた。脳は全《すべ》て、ない。

頭部の反対側の角には、鮮やかな黄色のドレスが、丁寧《ていねい》にかけられていた。

「……エルメス。見えるかい？」

キノが聞いて、エルメスが答えた。

「うん。食べかすだね」

キノは、足下《あしもと》に転がっている男達の死体を見た。

「その前は、大切な商品か……」

「じゃあ、その前は？」

キノのつぶやきを聞き取って、エルメスが聞いた。

きらきら光る金髪《きんぱつ》を見ながら、キノは静かに言う。

「さあね」

そして、キノはゆっくりと扉《とびら》を閉めながら、少女に言った。

「正しくないよ。でも、死にたくはなかったんだよ」


「だいぶ寄り道した。すぐ出発しよう」

キノはそう言うと、自分が放ったナイフを拾い出した。

『森の人』を拾うと、バレルに雪が詰《つ》まっていた。キノはどこともなく狙って、一発撃《う》った。

そして安全装置をかけて、腰《こし》の後ろに戻す。

男の背中に刺さったままのナイフを、力一杯《いっぱい》引っ張って抜いた。血のついた刃《は》は、何度か雪に突き立てて引くときれいになった。そして死体の服で拭《ふ》いた。

ナイフのグリップの後ろに、ねじ込み式のフタがある。キノが開けて、中から小さな空薬莢《からやっきょう》が三つ出てきた。キノはベルトについた、『森の人』の予備弾倉《だんそう》から弾《たま》を三発取り出して、ナイフのグリップに入れた。

そして、このパースエイダー仕込みのナイフを、右腰《みぎこし》のシースに戻した。

キノはオーバー・パンツをはいて、防寒着を着た。『カノン』を、元の位置に戻す。素早くテントを片づけ、荷物を全《すべ》てエルメスに積み込んだ。エンジンをかける。

ふと、キノはトラックのそばに戻った。パースエイダーを持って倒れている死体の脇に、しゃがんだ。

左手の手袋《てぶくろ》を取る。中指《なかゆび》に指輪をしていた。銀のリングに、小さなグリーンの宝石がいくつかついている。

ほんの数秒間、キノは自分の左手を見た。

キノは指輪を外すと、ポケットから箱を出してしまった。それを、男の胸のポケットに入れる。小さな声で言った。

「これは、お返しします。ボクは、あなた方を助けることができませんでしたから」

エルメスが、キノと同じくらい小さな声で、

「なんだ。気に入ってたんじゃん」

キノはエルメスに跨《またが》った。帽子、ゴーグルをして顔も覆《おお》う。

キノが軽くアクセルをあおると、エンジンは快調に吹け上がる。エルメスが言った。

「行こうか」

「そうだね」

キノが言った。

何も残していないか、キノが軽く首を回す。枝に並べてかけられた、三頭のうさぎがキノを見ていた。

キノは言った。

「悪く思うなよ。ボク達は人間なんだ」

モトラドは走り出した。トラックと、テントと、四人分の死体の脇を通りすぎて、すぐに見えなくなった。

第二話

「過保護」

— Do You Need It?—

第二話「過保護」
—Do You Need It?—

その国で二日目の昼、キノは食事を終えて、駐車場の一角《いっかく》に止めたエルメスに向かって歩いていた。

エルメスが止まっているマスの前で、激しく言い争っている男女がいた。夫婦らしく、二人とも三十歳ほど。その脇に、彼らの息子らしい十歳《さい》ほどの男の子が、迷子《まいご》のような惚《ほう》けた顔で立っていた。

父親が言う。

「だから、お前のそういったところが過《か》保護なんだって。こいつのためにはよくないんだよ！」

母親が、言い返す。

「いいえ、あなたは突っぱねすぎよ。この子にはこれくらいしてもいいと思うわ！」

キノとエルメスの間で、三人は足を止め、それぞれに深刻《しんこく》な顔をしていた。

キノが話しかける。

「あの、」

すいません。そこをどいてもらえますか。ボクのモトラドが後ろにあるんです。そう言う前に、振り向いた父親はキノを見て、聞いた。

「ねえ、あなたはどう思います？」

「え？　いきなり聞かれても……」

キノが訝《いぶか》しげに言った。父親が何か言おうとして、母親がかわりにすばやく言った。

「実は、この人ったら、この子に防弾《ぼうだん》チョッキはいらないって言うんですよ」

キノが聞いた。

「何のために、防弾チョッキが必要なんですか？」

父親が答える。

「戦争ですよ。息子《むすこ》はこれから戦争に行くんです」

「戦争、ですか？」

「ええ。数ヶ月前から我が国でも戦争が始まりまして、建国以来《いらい》初めてなんです。で、志願兵《しがんへい》を募集してましてね。今日からウチの息子が参加します。自慢じゃないですけど、息子は優秀だから、立派《りっぱ》な兵士になると思います。ひょっとしたら英雄になって帰ってくるかもしれない。……でもねえ、妻は息子に防弾チョッキを持たせるって言ってきかないんですよ。必要ないのに」

それを聞いた母親が、強い口調《くちょう》で夫に言い返した。

「何を言ってるのあなた！　防弾《ぼうだん》チョッキは迫撃砲《はくげきほう》の破片《はへん》から身を守ってくれるわ」

「パッと伏せりゃあいいじゃないか。戦場には塹壕《ざんごう》だってある」

「塹壕があっても、ひょっとしたらってこともあるでしょう。それに、そんなつまらないことですぐにけがなんかしたら英雄になれないわ。この子には頑張ってもらわないと」

「防弾チョッキは重いだろ。動きが鈍くなるよ。蝶《ちょう》のように舞って、蜂《はち》のように刺す！　これが格好《かっこう》いい兵隊ってやつだ。それにな、一人だけ防弾チョッキなんか着てたら、他《ほか》の兵士達《へいしたち》にからかわれて笑われるぞ」

「そんなことはないわ。これはママからのプレゼントだって、堂々と胸を張って言えばいいのよ」

キノはしばらく二人の言い合いを眺《なが》めた後、そばに立つ男の子をちらっと見た。

「肝心《かんじん》の、この子の意見はどうなんです？」

キノが言うと、母親が息子を見た。

「そうね……。まーくんはどう思う？　防弾チョッキはいるよね？　ママの言うこと聞けるよね？」

母親がしゃがんで、優しく息子の肩に手を置いた。

父親がしゃがんで、励ますように右腕《みぎうで》で拳《こぶし》を握って聞いた。

「正直に言うんだよ、まー坊。防弾チョッキなんてチキンなものはいらないよな。お前は男だもんな。パパの自慢の息子だもんな」

母親が言う。

「ママもパパも、まーくんの意見を一番に尊重《そんちょう》するわ。まーくんが決めて」

父親が聞く。

「そうだな。どっちがいい？」

そしてその子は、おどおどしながらも、はっきりと言った。

「僕は、戦争には行きたくない」

父親がすっと立ち上がった。息子を見下ろし、先ほどとはうって変わった強い口調《くちょう》で言う。

「何を言ってるんだ！　これはお前のためなんだぞ！」

母親がすっと立ち上がった。息子を見下ろし、やはり強い口調で言う。

「そうよ。戦争に行って手柄《てがら》を立てれば、将来いい学校への推薦《すいせん》がもらえるのよ。そうしたらいい大学に入って、いい会社に入れるのよ。分かる？　まーくんの将来のためなのよ。それに、クラスのみんなは戦争に行くって言ってたでしょう。みんなに負けたいの？　置いてかれちゃっていいの？」

「で、でも、よっくんのお父さんとお母さんは、よっくんを戦争には、絶対に行かせないって言ってたよ……」

子供がなんとかそれだけ言うと、母親がびしっと言い返す。

「よっくんちはよっくんち！　ウチはウチ！」

「そうだ。他人と比べるのはよくないぞ！」

両親に怒《ど》鳴《な》られ、子供が逃げ場のない驚《おどろ》きの表情を浮かべた。

母親が自分の鞄《かばん》から、防弾《ぼうだん》チョッキを取り出した。それは新品《しんぴん》でピカピカで、透明なビニールに入っていて、『祝！　新兵《しんぺい》さん。肩に優しい新型防弾チョッキ。成長期のお子さんにも安心の身長アジャスターつき。長く使えます』とタグがついていた。

母親が、膝《ひざ》を折り視線を同じくして、優しく子供の背中を押す。

「ほら、まーくん。防弾チョッキをつけて、新兵募《ぼ》集所《しゅうじょ》へ行きましょう。ママついていってあげるから」

「だからさあ、これはいらないって。お前、過《か》保護は絶対よくないぞ」

「ねえ、息子《むすこ》のことを思ってどこがいけないの？」

「いけなくはないよ。ただ、行き過ぎがいけないんだって」

再び言い争う両親をみて、再び子供が言う。

「僕は、戦争には行きたくない」

「まだそんなこと言うか？　臆病《おくびょう》なところは母親にそっくりだな……」

「何言ってるのよ。強情《ごうじょう》なところだけあなたに似たのよ。まったくもう……」

父親と母親が、呆《あき》れたように言った。子供は泣き出しそうな顔をして、

「僕は……、戦争には行きたくない……」

小さな声で言った。キノが両親に向かって、

「戦争に行かすかどうかも含めて、もう少し三人で考えてみたらどうですか？」

すると両親が、同時にキノに向いた。憮然《ぶぜん》とした表情でキノを睨《にら》みつけ、

「あなたねえ、他人の教育方針に首を突っ込まないでもらえます」

「そうですわ。これは私達の問題です。私達は子供の将来を真剣に考えているんです」

「はあ……」

キノが短くつぶやいた。

母親が子供の手を取った。引っ張るようにして、

「さあ、とりあえず行きましょう。あなたも。防弾《ぼうだん》チョッキは、むこうで決めましょう。早くしないと募集所が閉まっちゃうわ」

「そうだな。いくか、まー坊」

そして両親は、両側から子供を連行して歩き去った。キノの視界から消えた。

「…………」

黙ったまま、キノは首を軽く振った。前を向くと、目の前にスタンドで立っているエルメス

が言った。

「お疲れさま、キノ」

「疲れたよ」

キノは正直に言って、エルメスに跨《またが》った。

第三話

「魔法使いの国」

— Potentials of Magic —

第三話　「魔法使いの国」
—Potentials of Magic—

暑く蒸《む》す空気の中に、一本の道があった。

そこは沼《ぬま》だらけの場所で、平坦《へいたん》な大地にはよどんだ水がたまり、水草《みずくさ》が一面生《は》えていた。道は、沼を縫《ぬ》うように曲がりくねって走っている。

道は、赤茶《あかちゃ》けた土を盛られて造られていた。幅は広いが、雨で浸食《しんしょく》が進み、路肩《ろかた》はごっそり崩れていた。中央部も、乾いている箇所がほとんどない。暑さと湿気で溶けてしまっているような道だった。

沼では派手《はで》な色をした水鳥《みずどり》達が、首を絞《し》められたような鳴き声で騒いでいたが、突如一斉《とつじょいっせい》に飛び上がった。一台のモトラド（注・二輪車。空を飛ばないものだけを指す）が、泥の道を走りながら現れた。

後部座席《ざせき》の代わりにキャリアを乗せ、旅荷物《たびにもつ》を満載《まんさい》したモトラドだった。騒々《そうぞう》しいエンジン音を響《ひび》かせる。

運転手はシャツの上に黒いベストを着て、襟《えり》を大きく開けている。腰を太いベルトで締《し》めていた。黒髪《くろかみ》の上に鍔《つば》つきの帽子をかぶり、ゴーグルをはめている。その下の表情は若い。十代の半《なか》ばほど。

右腿《みぎもも》の位置で、ハンド・パースエイダー（注・パースエイダーは銃器《じゅうき》。この場合は拳銃《けんじゅう》）がホルスターに収まっている。撃《う》つたびにハンマーを上げる必要のある、単手《たんしゅ》動作式のリヴォルバーだった。

運転手は、慎重《しんちょう》にモトラドを走らせていた。たまに深い泥にハンドルを取られて、バランスを崩す。時には後輪《こうりん》が空回りして、泥水《どろみず》を派手《はで》に巻き上げながらその場を脱出する。

「何度も言うけど、ひどい道だね」

モトラドが運転手に言った。

「ああ。これは、思ったより時間がかかるかな。よっ、……と」

運転手は答えながら、後輪が滑ったモトラドを立て直した。その頬《ほお》には、汗がじんわりと出ていた。

「それにしても、キノ」

しばらく走った後、モトラドが話しかけた。キノと呼ばれた運転手が、なんだい、と返す。

「こんなに苦労して行ってみた国が、退屈《たいくつ》極まりなかったら、ホントにつまらないね」

「確かにそうだけれど、誰《だれ》かが言ってた。〝どんな国でも何かしら見るべきところはある〟って」

「そんなものかな」

キノは、ゴーグルの下の視線を泳がせた。

「でも、それなら、どっちでもいいってことでもあるな……。エルメス。今からでも間に合うから、ルートを変えようか？」

キノが言う。比較的乾《かわ》いた土の上で、エルメスと呼んだモトラドを停止させた。

「どうする？　ボクはどちらでもいいよ。もう少し南を通る道もある。そこにも国がある」

しばらく、エルメスの熟考《じゅくこう》時間があった。それから言った。

「言い出しておいてこう言うのもなんだけど、キノが決めていいや」

「そうか……。じゃ、このまま行こう」

「了解《りょうかい》。どうして？」

「なんとなく。どっちの国に行っても、誰《だれ》かがボクを待ってる訳ではないし、ボクを必要としてる訳でもない。戻るのがめんどくさいかなってだけ。別の道が、これよりきれいだって保証もないしね」

「なんだ」

キノはエルメスを発進させ、再び泥をかき分けながら進む。相変わらず、スピードは遅い。

キノが冗談《じょうだん》交じりにぼやいた。

「エルメスが水の上も走れればいいのに。それなら沼《ぬま》を突っ切って一直《いっ》線さ」

「そんなむちゃな。モトラドは水の上を走ったりしない」

エルメスが真面目《まじめ》な口調《くちょう》で言って、キノが訊《たず》ねる。

「試したのかい？」

「試さなくても分かる。モトラドには、できないことがたくさんあるんだ。人間と違ってね」

「ボクだって、水の上は走れないよ」

キノがそう言って、エルメスはすぐに、

「船を作ればいい。そしてそれを操作する。人間なんだから、できるでしょ」

「なるほど……。でも」

「でも？」

キノは、エルメスの問いに一《ひと》呼吸おいてから、言った。

「ボクは、エルメスと一緒《いっしょ》に旅するのが、一番気《き》に入ってるかな」

「くーっ。嬉《うれ》しいこと言ってくれるじゃん。どんどん行こう！」

「よし！」

エルメスとキノが、楽しそうに言う。

次の瞬間《しゅんかん》、深い泥に後輪《こうりん》がはまり込んで、モトラドは完全に止まった。

「あ」「あ」

「いらっしゃいませ、旅人さん！　我が国にようこそ。いやあ、本当に久しぶりのお客さんです。嬉《うれ》しいですねえ。道中つらくありませんでしたか？」

そそり立つ城壁と、大きな城門。その前に立つ兵士が、やって来たモトラドの運転手に笑顔《えがお》で言った。

「いいえ」

帽子とゴーグルを取ったキノが、すました顔で返事をする。そのキノの両足は膝《ひざ》まで泥だらけで、手袋《てぶくろ》やシャツの袖《そで》も汚れていた。顔にも少し、飛び散って乾いた泥がついている。エルメスは両輪《りょうりん》とも完全に泥に染まり、エンジンには熱で固まった塊《かたまり》がこびりついていた。

「それは何よりです」

兵士は微笑《ほほえ》みながら言った。


キノとエルメスは、入国手続きを終えて城壁の中に入った。

城門前《まえ》は楕円《だえん》形の広場で、少し離れたところから、平屋で木造の家がびっしりと並んでいた。どれもが高床《たかゆか》式で、土に太い柱が刺さっている。細い通りは全《すべ》て石畳《いしだたみ》で、土より一段高い。

広場に、男性が数人いた。キノ達を待っていたのか、笑顔で近づく。

「今日《こんにち》は、旅人さん。我が国にようこそいらっしゃいました。私は、この国の国長《くにおさ》をやらせてもらっている者です」

そう言った初老《しょろう》の男性に、キノは帽子を取って軽く頭を下げた。

「今日は。ボクはキノ。こちらは相棒《あいぼう》のエルメス」

「本当によくぞおこしくださいました。実に五年ぶりのお客さんです。我が国では、ホテルがありませんので、旅人さんは迎賓館《げいひんかん》にお泊まりになってもらっています。むろん、代価などいただきません。国賓《こくひん》として、おもてなしいたします」

国長はそう言って、深々《ふかぶか》と頭を下げた。他《ほか》の数人もそれにならう。

「ひゅう！」

エルメスが、口笛《くちぶえ》を鳴らしたように言った。

「凄《すご》いじゃん、キノ。こんな待遇《たいぐう》は初めてだよ。来てよかったね。いやあ、実際何度《なんど》引き返そうと思ったことか！　道がとにかくひどくて、ホントにこの先に人が住ん——」

キノは発言途中《とちゅう》のエルメスをごつんと殴《なぐ》った。国長達に頭を下げながら言った。

「恐縮《きょうしゅく》です。お世話になります」


キノ達は、迎賓館へと案内された。

迎賓館と呼ばれていても、普通より大きな建物、というだけだった。キノが話を聞くと、普段は収穫祭《しゅうかくさい》やコンサート、投票などに使われているという。辺《あた》りには議事堂、国長の官邸《かんてい》、裁判所などもあるらしいが、指摘されないとどれがどれだか分からない。

しかし、それらの建物が並ぶ通りだけは、他《ほか》と違って立派《りっぱ》だった。幅は広く、石畳《いしだたみ》がまるで舗装《ほそう》道路のように組まれている。通り中央には、一定の距離をおいて豪華《ごうか》な銅像が建っていた。国長《くにおさ》が、この国唯一《ゆいいつ》の大通りだと紹介した。そして銅像は、偉大な功績《こうせき》を成したと判断された国長のものだと。

彼はうっとりした表情で、いつかは自分も選ばれて、永遠にこの通りを見つめることが一世《いっせい》一代《いちだい》の夢だと、そのために自分はつねに努力をしていると、熱く勝手に語った。

キノは水道を借りて、自分とエルメスの泥汚《どろよご》れを徹底的に落とした。全《すべ》てが終わったころには、空《そら》一面、オレンジの夕日がきれいだった。

案内された部屋は、さすがに豪華《ごうか》だった。エルメスを部屋の隅《すみ》に止めて、荷物をおろす。

国長は、ぜひ今晩《こんばん》歓迎会を開きたいと意気込んでいた。しかし気の利いた誰《だれ》かさんが、旅人さんはきっとお疲れだから、明日《あした》にしましょうと言ってくれた。

キノは食堂で夕食を振る舞われ、久しぶりのシャワーを浴びて寝た。


次の日の朝。

相変わらず、キノは夜明けと共に起きた。

広い部屋で運動した。キノが『カノン』と呼ぶ、右腿《みぎもも》のパースエイダーの整備と訓練をする。

キノがタダの朝食を食べおわるころ、国長達《くにおさ》がやってきた。ぜひ歓迎のお茶会にと、官邸《かんてい》に案内される。

「絶対退屈《たいくつ》するよ、キノ。保証する」

エルメスが他《ほか》に聞こえないように言った。キノは分かってるよと頷《うなず》きながら、

「宿代《やどだい》のお礼さ。つきあおう」

「さいですか」

キノとエルメスが大通りに出る。天気はいいが、湿気をまとった風は強かった。国長が言う。

「この季節は、朝だけ強い風が吹くんです。後は一日穏《おだ》やかですよ」

キノは官邸のロビーで、お茶を振る舞われた。国長のご婦人や、取り巻きさん達も一緒《いっしょ》だった。

最初のうちは、キノの旅についての話題がそれなりに主《おも》だったが、すぐに国長の独演会になった。演目《えんもく》は、この国はいかにすばらしいかについて。

元々沼《もともとぬま》だらけで使えない湿地だったこの地に、偉大な御先祖《ごせんぞ》様達が住み始めたこと。彼らの不断の努力の結果、効率的な農業に成功し、小さいながらも食料豊かな国に育ったこと。現在は皆《みな》仲よく、治安よく暮らしていること。昨日《きのう》も言ったが、その歴史の中で特筆すべき功績《こうせき》をなした国長達が、銅像としてその姿を残していること。

「いやあ、私なんかはまだまだですよ。お恥ずかしい」

そう言いながら国長《くにおさ》は、自分が拝命《はいめい》されてから穀物《こくもつ》の取れ高が三パーセント向上したことを、しっかりとつけ加えた。

キノは話を聞いてきちんと相づちを打っていた。後ろのエルメスが実は寝ていることにも気がついていた。

キノは昼食に誘われた。官邸《かんてい》の食堂で食べる。どれもこれも、豪華《ごうか》で美味《おい》しかった。

食後再びロビーに戻り、お茶が並ぶ。

国長が、そういえばこんな話もありましてねと、長い話がまた始まりそうな時だった。

「国長！　お頼みがあります！」

甲高《かんだか》く気合いの入った声と共に、ドアを跳ね開けて一人の女性が入ってきた。二十代後半ほど。油で薄汚《うすよご》れたつなぎを着ている。まっすぐ国長の席に向かってきた。

周りの人が彼女を止めに入ったが、あまり効果はなかった。キノとエルメスには目もくれず、女は国長の前に立つと、懐《ふところ》から手紙を出して突きつけた。

国長が、実に仕方がなさそうにそれを読む。すぐに顔がこわばって、声を張り上げた。

「だめだ！　何度言ったら分かるんだ！」

その後乱入《らんにゅう》女性と国長は、しばらく言い合いをする。

「二つだけでいいんですよ！　それもその時だけで！」

「一つでもダメだ！　偉大な先達《せんだつ》を何だと思ってるんだ！」

「あなたこそ偉大な功績《こうせき》を残したくは？　私があなたの銅像を建てる手伝いができると言ってるんですよ、国長」

「そんな手にはのらん！　夢《ゆめ》物語にはつきあっておれん！」

「やってみなきゃ分からないでしょう！」

キノは、二人を眺《なが》めながらお茶を飲んだ。

「やらんでも分かる！」

「分からず屋！」

「まったくもって、どうかしとる！」

「それはそっちでしょう！」

「もういい！」

「こっちはよくないわ！　え……、ちょっと！　触らないでよ！」

言い合いは罵《ののし》り合いになって、女性が引っぱり出されて終わった。

国長が大きなため息をついた。首を何度か振った。キノに言う。

「いやはや、お見苦《みぐる》しい。しかし国長は、いつでも国民の訴えを、どんなものでもとりあえずは聞かなくてはいけないという決まりがありまして」

「なるほど。それで今の方は、どんなことを訴えたんですか？」

「それが、銅像を倒せと。……いや、まあ、その、旅人さんがお気にとめることでは……。それより、お話に戻りましょうか」

「あ、それなんですが」

キノはゆっくり立ち上がって、丁寧《ていねい》に言った。

「歴史大変よく分かりました。ありがとうございます。今度は自分達で、この国を走って見て回りたいと思います。よろしいでしょうか？」


キノ達はようやく解放され、官邸《かんてい》から大通りを走り出した。

「ずっと寝てたろ、エルメス」

キノが羨《うらや》ましそうにエルメスに言う。

「うん、よく寝た。ドタバタに起こされたけど」

エルメスが言った。同時に、キノが目の前にその女を見つけた。女は自転車に乗り、モトラドもかくやというスピードで走っている。

「そう、あの人」

キノが女に追いついて、併走《へいそう》しながら会釈《えしゃく》する。女は自転車で疾走《しっそう》しながら、キノに話しかけた。

「あなた、さっきの旅人さんね」

「ええ」

キノが大声で返す。

「ごめんなさいね。騒がせちゃって」

「いいえ、別に。おかげで解放されました」

キノが言って、女はくすっと笑った。

「ねえ、銅像を倒して、どうするつもりだったの？」

エルメスが聞いた。女はしばらくキノ達を見て、

「そうね……。旅人さん達、時間ある？」

「あります。お国《くに》自慢の演説以外《いがい》なら」

「正直でいいわね。いいものを見せてあげられる。ちょっとついてきて」

そう言って女は、急に曲がって路地《ろじ》に入った。行き過ぎたキノは、慌《あわ》ててターンして後を追った。


城壁が見えるほど国の外れにくると、住宅はまばらになり、畑や水田が増える。農作業をしている人達が見える。

女はスピードを落とさずに、狭くて曲がりくねった道を突っ走った。畑に囲まれた、大きな倉庫の前で止まる。そばには立派《りっぱ》な母屋《おもや》が一軒と、クレーンつきのトラックが一台。

女はつなぎの上半身を脱いで、シャツの腰《こし》のところで縛《しば》った。汗だくの頭に水道水《すい》をかぶり、適当にタオルで拭《ふ》いた。キノに向く。

「ようこそ私の家に。私はニーミヤ。ニーミヤ・チュハチコワよ。よろしくね」

「今日《こんにち》は。ボクはキノ。こちらは相棒《あいぼう》のエルメス」

「どうも」

ニーミヤは倉庫の扉《とびら》を少し開けて、キノとエルメスを招き入れた。中は暗い。蒸《む》し暑い空気の中、機械油《あぶら》のにおいが立ち込めていた。

「さっきの答えを教えるわ。大通りに、ある程度の直線距離がほしいのよ。だから銅像をどかしてほしいの」

ニーミヤが言った。キノが訝《いぶか》って聞く。

「何のために、ですか？」

「それはね……、あれのためよ」

ニーミヤが言って、同時に手元のスイッチを入れた。天井《てんじょう》にぶら下がっている照明がゆっくりとついて、換気扇《せん》も回り出す。

天井には、移動式のクレーンがあった。床にはいろいろな作業用の機械が並び、隅《すみ》には屑鉄《くずてつ》が山になっている。机もいくつかあって、書類が乱雑に置かれていた。何台もの自転車が、並んでいたり吊《つる》してあったりもする。

そして、倉庫中央に銀色の機械があった。

トラックほどの大きさで、魚のような流線型をしていた。背びれと尾びれのようなものがある。逆の端《はし》には、扇風機《せんぷう》のような三枚羽根がついている。胴体《どうたい》に、左右対称《たいしょう》の大きな板状の出っ張りがあって、幅が全長よりも長い。出っ張りの下から延びた二本の足の先に、タイヤがついている。

「何ですか、あれ？」

キノがしばらく悩んでから聞いた。

「まだ、名前はないんだけどね」

ニーミヤはそう言って、キノ達に振り向いた。そして不敵《ふてき》かつ素敵《すてき》な笑《え》みを浮かべ、言った。

「私はね、あれに乗って空を飛びたいのよ」

キノがすぐに聞く。

「あれで、空を飛べるんですか？　どうやって？」

ニーミヤは頷《うなず》いて、キノに早口で説明する。

「扇風機の風に向かって、板を水平に持っても、何も起こらないでしょ。でも少しでも上に角度をつけると、板が後ろと上に持ってかれる力がかかる。これは、自転車で走ってる時に、頭を上げると帽子が飛んでくのと同じ。それなら、少し角度のついた板を何かに固定して、その何かが、自転車でもいいわ、ある程度以上のスピードで走れば、板が上へ持ち上がる。その何かは、空を飛べるはず。あの機械の場合、横の出っ張りが板で、巨大な羽根が空気を回して、前に進ませる役目」

キノは聞き終えて、一言《ひとこと》つぶやいた。

「……よく、思いつきましたね」

「まあねー。でも、まだ一度も、実際には動かしてないけどね。これが飛ぶためには、平坦《へいたん》でまっすぐな、その上ある程度以上長い道がどうしても必要。この国の中にも外にも、そんなところはあの大通りしかないわ。で、転々《てんてん》と建っている銅像がじゃまなのよ。おもいっきりね」

「なるほど。そしてそれを、国長《くにおき》さんから反対されていると……。その、無理《むり》だと思われてるんですか？」

「そ。国長だけじゃないわ。この国のみんなが、人間が機械で空を飛ぶなんて、絶対に不可能だと思っているわ。私が何度懇切丁寧《こんせつていねい》に理論を説明してもダメ。だから、論《ろん》より証拠《しょうこ》を見せてやりたいのよ」

「はあ……」

キノは、金属の地肌《じはだ》がむき出しの機械を眺《なが》めた。胴体前には、シリンダーが円形に九発並《なら》んだエンジンが収まっていた。

ニーミャはキノにお茶を出した。受け取ったキノが聞く。

「面白い香りです。なんていうお茶ですか？」

「ん？　フツーのお茶よ。あ、この国ではね。お口にあうといいけど」

そしてニーミヤは机に、キノはイスに座る。

ニーミヤが、急に思い立って聞いた。

「ねえ、エルメスさん。あなたモトラドだから分からない？　あれが私の理論どおりにきっちり機能するかどうか。それとも、しないのか」

エルメスは即答《そくとう》した。

「分かるよ。説明を聞いてすぐに分かった。答えてもいいけど、その前に、お姉さん自身は本当はどう思ってるの？」

「…………！」

その問いに、ニーミヤは一瞬《いっしゅん》言葉に詰《つ》まった。しかしすぐに、

「飛ぶ！　私は間違ってないわ。だから飛ぶ！」

ニーミヤのマグカップを持つ手に力が入り、お茶が少しこぼれた。キノが自分のを一口《ひとくち》すする。

「正解。見たところこれは飛ぶよ。コントロールもできる。後《あと》必要なのは、走る長い平坦《へいたん》な道路だけだ」

エルメスが言った。

「よーっしゃ！」

「ふーん……」

ニーミヤは嬉《うれ》しそうに跳ねて、キノはつぶやく。

しかしニーミヤは、すぐにため息をついた。

「道路か。だからそれが一番難《むずか》しいのよ……」

その時、外から車の音が聞こえた。やがて扉《とびら》が激しくノックされる。

「ニーミヤ・チュハチコワ。ここを開けてもらおうか。私だ」

国長《くにおさ》の声だった。ニーミヤが一度舌打《したう》ちして、面倒《めんどう》くさそうに机のそばのスイッチを押す。

倉庫のシャッターが開いていった。太陽の光が入る。国長を先頭に、十人以上の人間もどやどやと入る。

「今日は、国長さん。わざわざいらしてくれるなんて、訴えが認めてもらえたのかしら？」

「むろん違う。……おや、旅人さん？　なぜここに？」

「お茶会よ。私のお話も、聞いてもらっていたの。お客様はもてなさなくちゃ。いけない？」

国長は露骨《ろこつ》に渋い顔をした。しかし努めて冷静に振《ふ》る舞《ま》い、

「ニーミヤ。そのことで話がある」

「何かしら？」

「罪を犯したり、公共の福祉《ふくし》に反しない限り、国民《あず》は自分のやりたいことを自分で選び、行動することができる。しかしながら、国の運営を預かる身としては、これ以上、君があの機械に

乗って空を飛ぶなどというくだらないことに、歳月《さいげつ》とお金をかけることに、賛成しかねる」

国長はゆっくりとした口調《くちょう》で、威厳《いげん》たっぷりに言った。ニーミヤは国長を丁重《ていちょう》に睨《にら》み返しながら、短く言い返す。

「くだらなくないわ。以上」

キノとエルメスには、国長が歯ぎしりする音が聞こえた。

中年の男の声が上がった。

「国長、もう何を言ってもむだですよ。この女は完全にイカレちまってる。見てくださいよ、このへんてこな機械」

「触《さわ》らないでよ！」

飛行機械に近づいた男に、ニーミヤが鋭く言う。男はへっ、と笑って、

「触んないよ、こんな変なもの」

男は前からのぞき込んで、まるっきり馬鹿《ばか》にした口調《くちょう》で言った。

「あーあ。立派《りっぱ》なエンジンを、こんなことに使っちゃって……。見たところ、ただの巨大な扇《せん》風機《ぷうき》じゃないか」

「そうよ。原理は扇風機と同じ」

「はあ？　それがどう働いたら、空を飛ぶんだ。頭の悪いオレに、教えてくれないかな」

人だかりから笑い声が聞こえる。ニーミヤが言った。

「まず、それで機械そのものを引っ張るのよ」

「引っ張るぅ？　扇風機《せんぷうき》がか？」

「そうよ。風を送るってことは、扇風機そのものにも反対側に動く力があるってことでしょう。あの先端の羽が高速で回転して、機械の方に風を送れば、機械そのものが動くのよ。走り出すの」

ニーミヤがそう言った後、二秒おいて男が笑い出した。

「ひひひひひ！　こりゃいいや！」

「何がおかしいのよ！」

「ひひひ。いやあ、オレももう何年も、扇風機を使ってるけどなぁ。ひひひ。机の上から動いたことは一度もないよ。ひひひひ。あー、おかしいや！」

男は腹を抱えて笑う。他《ほか》にも幾人《いくにん》かが笑い出した
「それは、扇風機の土台がしっかりして、机との摩擦《まさつ》が勝ってるからよ！　試しに大きくて平らな氷の上にでも置いてみなさいよ。風力《ふうりょく》最強にして！」

ニーミヤは力説したが、男は笑い涙をぬぐいながら、

「はー。それで、いったいどんな呪文《じゅもん》でこの巨大《きょだい》扇風機は動き出すんだい？」

その言葉で、倉庫に笑い声が響《ひび》いた。ニーミヤがつぶやいた。

「こんのー、分からず屋達が」

笑いがひとしきり収まった後、別の男性がニーミャに話しかけた。口調《くちょう》は普通に。

「百歩譲《ゆず》ってだ、それでこの機械が動いたら、まあ、タイヤがついているからな、この機械が空に行くのかい？」

「そうよ。速度が速くなれば、あの翼《つばさ》に風が当たる」

ニーミャが指さしながら言った。

「翼って、まさか両側の扁平《へんぺい》な出っ張りか？」

「そうよ」

「こりゃあ……、設計ミスだな」

男が深刻《しんこく》そうに言って、ニーミャがすぐさま聞き返した。

「なんですって？」

男はわざと真面目《まじめ》な口調で、もったいぶって言った。

「だってさ、こんなかっちり固定しちゃあ……、羽ばたかないだろう」

再びみんなが笑い出す。再びニーミャが言い返した。

「羽ばたかなくてもいいのよ！　風が、空気が前から後ろへ通り抜けるとき、翼の上と下とで空気の量の差が生まれるのよ。そうすれば上に向かって力が働くの。実験してあげるから見なさいよ」

ニーミャが、卓上の扇風機《せんぷうき》のスイッチを入れる。

風の前に適当な板を持ってきて、斜めに持つ。板が上に浮く。

「どう？　これと同じ原理よ」

男は別に驚《おどろ》かず、さらりと言った。

「そんな軽い板なら浮かび上がるだろうさ。でも、この変梃《へんてこ》な機械の重さはどれくらいあるんだい？　ついでにキミの重さは？」

「………………」

三度笑い声が聞こえ、ニーミヤが呆《あき》れて黙《だま》る。国長《くにおさ》が口を開いた。

「やれやれ。これ以上不真面目《ふまじめ》な話にはつき合っておれんな」

「あなた達には、」

ゆっくりと、ニーミヤが言う。

「何かを試してみる気はないの？」

「そのために偉大な銅像を倒すなどとは、論外《ろんがい》だ。お前は蟻《あり》とお話しする実験のために、母屋《おもや》を取り壊す気はあるか」

「少しでも可能性があるのなら、明日《あした》にでもやるわ。その際には、ぜひ手伝ってほしいわね」

ニーミヤが国長を睨《にら》みつけた。国長は首を振って、

「まったく。何か農業に役立つ機械でも作っているかと思えば……。せっかくご両親が残してくださった財産を無駄《むだ》に使って……」

「無駄《むだ》じゃないわ！　これは飛ぶのよ！」

「お前さんが魔法《まほう》使いならな。ありゃあ、箒《ほうき》にしちゃあ太すぎるんじゃないか？」

誰《だれ》かがちゃかし、みんなが笑う。ニーミヤの目の前で、国長が最後通告《つうこく》を出した。

「明日の昼にでも、この変な機械を解体しにくる。残念ながら、こんなものがある以上、君の妄想狂《もうそうきょう》は治らない。これは、緊急時《きんきゆうじ》に国長が決められる決定とする。エンジンは国が買い取って、発電器に使う。何か言いたいことはあるか？」

「あるわ」

「なんだ？」

「銅像を、どけてくれない？」

返事はすぐに来た。

「却下《きゃっか》だ」

「…………」

「さあみんな、今日はこれで終わりだ。帰ろう。明日だ」

国長が踵《きびす》を返し、他《ほか》の人達も倉庫から出ていった。

がらんとした倉庫に、換気扇《かんきせん》のうなる音が低く響《ひび》く。

ニーミヤがすっかり冷めたお茶を一気に飲み干《ほ》して、先ほどから静かに見ていたキノとエルメスに言った。

「ふー。ご覧《らん》のとおりよ。退屈《たいくつ》はしないでしょ」

「ええ、まあ。……もうひと方、いますよ」

「ん？」

ニーミヤが首を回す。こざっぱりした服を着た青年が一人、まだ残っていた。深刻《しんこく》な表情のまま、ニーミヤを見つめる。

ニーミヤがキノとエルメスに言った。

「紹介するわ。私のフィアンセ。私も会うのは久しぶり」

キノが会釈《えしゃく》する。フィアンセの青年はニーミヤにゆっくり近づきながら、話しかけた。

「ニーミヤ。これでもう分かっただろう？　本当に、こんなことは止《や》めてくれないか」

「〝こんなこと〟、って？」

「機械に乗って空を飛ぼうなんてことさ。言いたくないけれど、僕はもうご両親の遺産《いさん》がほとんど残っていないことを知っている。キミが最近ろくなものを食べていないことも。そして、たぶん来週からの生活に困ることも」

「…………」

「明日《あした》にでも、僕と一緒《いっしょ》に暮らさないか？　ここを、引き払おうよ」

「…………」

「悪気《わるぎ》は、ないみたいだね。しかしだからこそ――」

エルメスがキノに言って、キノは人差し指《ゆび》を口の前で立てた。

黙《だま》っているニーミヤに、フィアンセは優しく言った。

「今晩ここにいていいかい？　キミと話がしたいな」

「……ダメよ。することがあるから」

ニーミヤがポツリと答えた。

「それ、何？　ひょっとしたら、僕も手伝えるかい？」

フィアンセはとっさに言ったが、ニーミヤは首を振った。彼の胸ぐらをつかむと乱暴に引き寄せ、唇《くちびる》に軽くキスをした。

「いいえ。……今日は帰って。明日連絡するわ」


青年が倉庫から出ていき、倉庫のシャッターは完全に閉まった。

ニーミヤは飛行機械につかつかと近づいて、銀色の胴体《どうたい》をばんっ！　と平手《ひらて》で叩《たた》いた。

「もう時間がないわ！　明日、朝、これを飛ばす。飛んで、あの石頭《いしあたま》どもに思い知らせてやる！」

「道路だけだね」

エルメスが言う。

「そう！　それさえあれば飛ぶんだから。いったん飛んでしまえばこっちのもの。後はどうにでもするわ！　なんなら、国長《くにおさ》の官邸《かんてい》に突っ込んでもいい！」

「ホントに？」

エルメスが楽しそうに聞いて、ニーミヤの口調《くちょう》が元に戻る。

「……ま、それはともかく。……冷静に考えましょう」

ニーミヤは机に戻り、キノが差し出したイスに、軽く礼を言って座った。キノはエルメスに寄りかかる。

「このままだと、滑走《かっそう》距離が短すぎる。どう計算しても、朝の一番風の強い時で、銅像一つはじゃまだわ。なんとか飛び上がっても、引っかかっちゃう」

ニーミヤが計算式で埋まった紙を見て言う。エルメスが聞いた。

「エンジンを一番に回してもダメ？」

「足りないわ」

ニーミヤとエルメスがうなる。先ほどから発言の機会がないキノが、何気なく言った。

「銅像の手前に盛り上がりを作って、ジャンプするのは？　モトラドならそれで障害物を越えられる。だから、この機械でもきっと同じことができる」

ニーミヤがキノをキッと見据《みす》えた。キノがつけ足した。

「……かもしれない」

ニーミヤが一瞬《いっしゅん》考えてから言う。

「そうね。それなら、銅像を取らなくても……。いけるかもしれないわ！」

「キノ。さえてるじゃん！」

エルメスが楽しそうに言って、キノは軽く頭をかいた。

「え？　ああ、どうも」

「ちょっと待って。計算してみる」

ニーミヤは机にかじりついて、何度か計算していた。しかしその後苦《にが》い顔で、

「だめだわ。銅像の前にジャンプ台を作って、それでも最初の速度が足りない。これだとジャンプして、すぐに落ちてしまうわ」

「ダメかあ」

「でもこのアイデアは使えるわ。あとは最初の速度よ。それさえなんとかできれば」

再びうなるエルメスとニーミヤに、再びキノが何気なく言った。

「パースエイダーの弾《たま》みたいに、火薬《かやく》で一気に撃《う》ち出せればいいんですけどね。どーんと」

ニーミヤはキノを一瞥《いちべつ》したが、すぐに首を振った。

「それはムリだわ。言ってることは分かるけれど、この大きさを射出《しゃしゅつ》するには、とてつもなく大きくて頑丈《がんじょう》な筒が必要だわ。それにそんなことしたら、機械も壊れるしね」

「そうですか……」

「今度はボツだね。残念でした」

エルメスが言った。キノが自分の下のエルメスに人さし指を向け、

「ぱんっ」

ハンド・パースエイダーを撃《う》つ真似《まね》をした。右手が上がる。

それを見ていたニーミヤが一瞬《いっしゅん》眉《まゆ》をひそめた。キノに聞く。

「キノさん。あなた今、撃つ真似をしたわよね」

「あ？　ええ」

「右手が上がったわ」

「ええ。このパースエイダーは反動がきついんです」

キノが腿《もも》の『カノン』を叩《たた》きながら言った。ニーミヤは、しばらくどこを見るでもない表情で固まっていた。

突如《とつじょ》叫んだ。

「それよ！」

「え？」

「弾《たま》じゃなくて、その反動を利用すればいいのよ！　パースエイダーを連続して撃つみたいに、筒《つつ》の中に火薬を入れて、連続燃焼《ねんしょう》させて高速でガスを撃ち出せばいいんだわ！　その筒を何本も機械につければ、最初に猛《もう》ダッシュができる！」

ニーミヤは倉庫中を指さしながら、

「筒もある！　火薬もある！　できるわ！」

「そっかなるほど！　キノ、やっぱりさえてるじゃん！」

エルメスも興奮《こうふん》して叫ぶ。

そしてキノがつぶやいた。

「……はあ？」


次の日。つまりキノが入国してから三日目の朝。

夜明けと同時に、国長《くにおさ》は起きなかった。

彼は涼しい風がよく通るベッドの上で、快適そうに寝《ね》続けた。

太陽の光が窓から射《さ》し、風が強くなってきた頃《ころ》、あまりに外の大通りがうるさいので目を覚ました。トラックのエンジン音が低く響《ひび》き、がちゃんっ！　と何かを据《す》えつける音も聞こえる。

その時ドアが激しくノックされ、部下が慌《あわ》てて入ってきた。

「国長！　と、とにかく外へ！」

国長が適当に服を着て大通りに飛び出す。そして絶句《ぜっく》した。

官邸《かんてい》正面にある、一番背《せ》が低くがっちりした体格だった銅像が、ジャンプ台になっていた。

まるで彼が、パイプと鉄板を抱えているようだ。

「おはようございます、国長さん」

国長《くにおさ》の目の前を、笑顔で挨拶《あいさつ》したキノが通りすぎた。キノはロープを歩道と車道の境《さかい》に張っていく。ロープには黄色い布がついていて、黒字で『危険です。これより道の中に入らないように』と書いてあった。

国長が、一つとなりの銅像に目を向けた。その前に、朝日を浴びて銀色に輝く機械が止まっていた。倉庫で見た飛行機械だった。昨日《きのう》はなかった太いパイプが、何本も胴体《どうたい》の下についている。そばにはチュハチコワ家所有《しょゆう》の、クレーンつきトラックがあった。

国長が頭を何度か振った。目を瞬《しばた》く。

反対側の歩道では、キノがテキパキとロープを張っていった。何人かが、一体《いったい》何事かと呆《あき》れて見ている。キノは笑顔で言った。

「はい。このロープから中に入らないでくださいね。危険ですから」

飛行機械の斜め前に、エルメスが止まっていた。つなぎ姿のニーミヤが、エルメスのキャリアにロープをくくりつけた。その先は、飛行機械のタイヤ止めにつながっていた。

ニーミヤは飛行機械によじ登って、胴体にある操縦席《そうじゅうせき》に座った。作業用のゴーグルをはめて、手袋をする。四点式のシートベルトを締《し》める。

ニーミヤが、エルメスに跨《また》がったキノに手を振り、それから親指《おやゆび》を立てた。

キノがエルメスのエンジンをかけた。騒々《そうぞう》しいエンジン音が通りに響《ひび》く。国長がキノに駆け寄って聞いた。

「旅人さん！　これはどういうことです！」

「国長さん。非常に危ないですから下がっていてください」

キノが言った瞬間《しゅんかん》、エルメスのエンジン音を三倍にしたような爆音《ばくおん》が生まれた。飛行機械のエンジンが唸《うな》りを上げて、巨大扇風機《せんぷうき》が回り出す。

国長が何か言ったが、キノには聞こえなかった。

爆音で人が集まって、大通りの歩道がごったがえした。建物から見ている人もいる。

キノは押すようなジェスチャーをして、国長を下げた。振り返ってニーミヤを見る。

飛行機械の爆音が、さらにうるさくなった。

ニーミヤは両手拳《こぶし》を高く上げ、頭の上でクロス、そしてさっと開いた。キノがエルメスを急発進させる。飛行機械のタイヤ止めが、左右同時に外れた。

飛行機械が前に滑り出す。次の瞬間、そのエンジン音をさらに三倍にしたような爆音が轟《とどろ》いた。胴体下《した》の筒《つつ》から、白い煙が猛烈《もうれつ》な勢いで後ろに吹き出す。

「爆発した！」

「いや。大丈夫《だいじょうぶ》だよ」

国長が叫んで、エルメスが誰《だれ》に言うでもなくつぶやく。飛行機械は、まるで見えない巨人に蹴飛《けと》ばされように加速し、あっという間にジャンプ台まで走る。建物が轟音《ごうおん》で震え、見物客の首が、これ以上ないスピードで振られた。一方だけに。

飛行機械はジャンプ台を一瞬《いっしゅん》で駆け上り、そのまま煙を噴き出しながら風に向かって飛び上がった。

キノは煙で、飛行機械を見失った。風で煙が晴れた時、青空を背景にどんどん小さくなっていくその後ろ姿を見つけた。煙を噴《ふ》くことを止《や》めた筒が、胴体《どうたい》からはがれて落ちていく。それらは国の外の沼地《ぬまち》に落ちて、ぶすぶすと突き刺さった。

小さくて見えなくなりそうになって、飛行機械がターンして戻ってくる。今度はどんどん大きくなった。

やがて、見上げる人々の頭の上を、爆音と共に通りすぎていく。キノを除く全員が、ぽかんと口を開けて見送った。口々につぶやく。

「飛んだ……。あんな重いものが空にある……」

「機械が飛んでいる……」

「信じられない……。あり得ない……。でも……」

「人が飛んでいる……」

ニーミヤが飛び上がってからずっと微笑《ほほえ》んでいたキノが、エルメスに訊《たず》ねた。

「感想は？」

エルメスはぽつりと言った。

「ちょっと羨《うらや》ましいよ。それだけ」

上空の操縦席《そうじゅうせき》の中で、ニーミャが叫んでいた。

「どうだ！　飛んだじゃない！　きちんと飛んだ！　私は間違ってなかった！　計算も間違ってなかった！　実験も間違ってなかった！　無駄遣《むだづか》いじゃなかった！」

そして飛行機械は、急に上昇して、そのまま空中で一《いっ》回転する。

「ちゃんと動いた！　ちゃんと操舵《そうだ》できた！　間違ってなかった！」

ニーミャは機械を操《あやつ》って、何度も宙返《ちゅうがえ》りしたり、上下逆《さか》さに飛んだり、急ターンを繰り返したりした。

やがて、飛行機械がゆっくりと水平に戻り、ニーミャがつぶやいた。

「うー。気持ちわる……」


「みなさん！」

突如《とつじょ》キノが大声を出し、惚《ほう》けた顔の人々に対して演説をぶった。

「今飛んでいるあれを無事に地面におろすには、まっすぐな長い道が必要なんです。もし偉大な行為を成し遂《と》げたあの人を、無事に地面に帰すのに協力してくださるなら、銅像を並べて三つばかりどかしてください。四つだともっと助かります」

「わ、分かった。すぐやる」

そばにいた国長《くにおさ》が、コクコクと頷《うなず》きながら言った。

「みんな！　じゃまな銅像を動かすんだ！　早く！」

国長の号令に、弾《はじ》かれたように人が働き出した。ニーミャのトラックとクレーンを使い、銅像を土台ごと引っこ抜く。穴には、ジャンプ台に使った板を敷いた。彼らは必死に働き、銅像を七つどかした。

長い直線道路は、あっという間にできあがった。数え切れないほどの人が、その両側に集まる。

やがて飛行機械が、大通りに滑り込むように近づいた。ゆっくりと下がってくる。タイヤが三つ同時に地面に触れて、エンジンが止まる。

惰性《だせい》で走った飛行機械は、キノのほぼ目の前で止まった。

住人が、おそるおそる機械を取り囲んだ。ニーミャがゴーグルを外してイスから立ち上がると、静かなどよめきが起こった。キノとエルメスは、それを後ろから眺《なが》めている。

「ニーミャ……」

最初に話しかけたのは、彼女のフィアンセだった。

「どう、私の言ったとおりだったでしょう！」

ニーミャは嬉《うれ》しそうに叫び、胴体《どうたい》をばしん、と叩《たた》いた。

「新婚旅行はこれで行きましょ。明日《あした》結婚してあげる！」

フィアンセは、ニーミヤを見上げながらゆっくりと言った。

「知らなかった……。キミは……、いいえ、あなた様は……」

ニーミヤが訝《いぶか》しげな顔をして、フィアンセは叫んだ。

「魔法使《まほう》いだったんですね！」

「え？」

「気づかなかったとはいえ、今まで馬鹿《ばか》にするような言動をとって、大変な無礼《ぶれい》を働いてしまいました。どうか、力無《な》きわたくし達をお許しください！」

「はあ？」

ニーミヤが再び間の抜けた声を出した時、フィアンセは道路にひざまずいた。それが合図だったかのように、
お許しください！　お許しください！　お許しを！　お許しください！　どうかお許しください！　お許しくださいませ！　お許しください！　お許しください！　お許しを！　お許しください！

次々と住人がひざまずいていった。まるでニーミヤと飛行機械を中心に、波紋《はもん》が広がっていくようだった。

「え？　ちょ、ちょっとみんな？」

ニーミヤが呆気《あっけ》にとられる。

「ニーミヤ様。偉大なる魔法使い様。今まで、大変申《もう》し訳《わけ》ありませんでした」

やはり拝跪《はいき》していた国長《くにおさ》が、頭だけ上げて言った。

「どうか、あなた様のお力で、無力なわたくし達をお導きください。今日からあなた様が、この国の支配者でございます。わたくしは国長として、本日たった今！　この国をあなた様に差し上げることを、ここに述べさせていただきます。お受け取りください」

「…………」

ニーミヤが、国長の熱い視線を受けて絶句《ぜっく》している時、キノは慌《あわ》てて、トラックから荷物をエルメスに積み替えていた。

誰《だれ》かがキノを捕まえて話しかける。その視線はやはり熱かった。

「旅人様。ひょっとして、あなた様も魔法をお使いになられるのですか？　もしそうならぜひこの国で、力無《な》きわたくし達を——」

「いえ！　ボクはそろそろ出国します！」

キノがきっぱり言って、荷物をとにかくがんじがらめに固定した。

キノが帽子をかぶってゴーグルをかける。ニーミヤが飛行機械からおりて、キノに近づく。人の群《むれ》がさーっと割れて道を作った。

キノがニーミヤに言う。

「ボク達は、すぐに出発します」

「え？　ちょっと待ってよ」

ニーミヤは驚《おど》いて聞いたが、

「ごめんなさい。もう行かないと、話がややこしくなりそうですんで……。おめでとうございます」

「おめでと。とっても感動した」

エルメスが言った。

ニーミヤは辺《あた》りを見渡して、ため息をついた。それからキノ達に向き直り、

「ありがと。あなた達のおかげ」

ニーミヤは目を細めた。

「……あなた達がこの国に来たのは、ひょっとしたら偶然や気まぐれだったのかもしれないけれど、私には必然に思えるわ。あなた達がいなかったら、機械は壊されて、私は失意《しつい》の一生を送っていたかも……、冗談《じょうだん》じゃなくね。本当に、言葉に表せないほど、感謝してる」

ニーミヤは微笑《ほほえ》みながら、握手を求めた。キノは差し出された手を握る。

キノはもう一度言った。

「おめでとうございます。……楽しかったです、とても」

「私もよ。……元気で」

ニーミヤは、モトラドが通りを曲がって見えなくなるまで見送った。それから、自分を取り

巻きひざまずく人々をざっと眺《なが》め、つぶやいた。

「さーて、これからどうしようか？」

キノとエルメスは、誰《だれ》もいなくなった城門をくぐり抜け、国の外へ出た。

沼《ぬま》が多いのはあいかわらずだが、道はそれほどぬかるんではいない。来た時よりだいぶ走りやすかった。小さくなっていく城壁を背にして、エルメスが楽しそうに言う。

「いやー、気持ちよかった！　特にみんなの驚《おどろ》いた顔！　鳩《はと》が入鉄砲《いりでっぽう》に出女《でおんな》くらったみたいだった！」

「……豆《まめ》鉄砲、くらった？」

「そうそれ」

そう言ってエルメスは黙《だま》った。

モトラドは沼地の中の道を進む。

しばらく経《た》ってから、キノがいきなり、ぽつりと言った。

「それにしても……、びっくりしたよ。驚いた」

「だよね。『魔法だ！　許してください！』はないよ。しばらくは誤解《ごかい》がとけないね、ありゃ。近い将来、彼女の銅像が建つよ」

エルメスがそう言って、キノが少し黙った。

「……いや。そうじゃなくて……」

「ん？　どゆこと？」

言葉を濁《にご》したキノに、エルメスが軽く聞いて、

「まさか、あの機械が本当に空を飛ぶとは思わなかった」

キノはそう言った。

「キノさん？　今……、なんて言いました？」

「飛ぶとは思わなかったって。空気に乗って飛ぶ機械か。扇風機《せんぷうき》の前の板とか、彼女の教えてくれた理屈《りくつ》はとりあえず理解できたけれど。まさかねえ……。すごいな」

しばらくモトラドは、規則正しいエンジン音を響《ひび》かせながら、淡々《たんたん》と走った。道の脇では、水鳥《みずどり》が首を絞《し》められたような鳴き声を出し、それから一斉《いっせい》に飛び立っていく。

「キノぉ！　それじゃあ、なんで協力してたのさ？」

エルメスが大声で聞いた。キノは淡々と答える。

「なんでって……、うまくいったら面白いものが見られるし、ダメならダメで、あの人もあきらめるかなと思って。それに、」

「それに？」

「退屈《たいくつ》してたしね」

しばらく、間が空《あ》いた。エルメスが、おそるおそる聞く。

「……じゃ、じゃあ、もし、もしだよ。あの国で退屈してなかったら本気であの人のおてつだいは？」

「しなかったかもしれない。だって普通、あんなものが空を飛ぶなんて、言われたって信じられないよ」

「…………」

もはや声も出ないエルメスに、キノは追い打ちをかける。

「飛ぶんだね。ほんとに魔法《まほう》みたいだった。驚《おどろ》いたな。あんなすごいものが見られたんだから、泥の中走ってきたかいがあった。……どうしたの？　エルメス」

「いや、ちょっと。人間の持つポテンシャルの高さと、低さについて悩んでるとこ」

「ふーん……」

エルメスの深刻《しんこく》なつぶやきに、キノは生《なま》返事を返した。

モトラドは、沼《ぬま》の脇の道をのんびり走っていった。

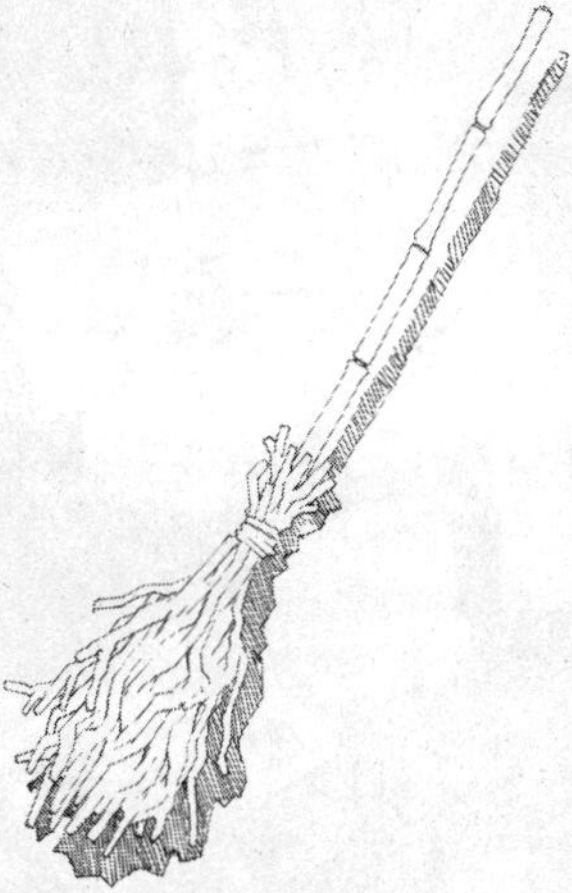

第四話

「自由報道の国」

— Believers —

第四話「自由報道の国」
—Believers—

メディア・デル・プレス日報（八九三年 鹿《しか》の月五日）

旅人、男性に発砲 警察が正当防衛《ぼうえい》を容認

四日昼ごろ、町の西側五十六番通りで、二日前に入国していた旅人（年齢不詳《ふしょう》）が、近くにいた会社役員の男性（55）にパースエイダーを発砲《はっぽう》、重傷を負わせる事件があった。警察は旅人の正当防衛を認め、この旅人は夕方に出国したが、正当防衛やパースエイダーのありかたを巡り今後議論《ぎろん》を呼びそうだ。

〝盗まれそうになったから〟 会社役員の男性は一ケ月の重傷

四日午前十一時二十九分ごろ、西五十六番通りの路上で、二日前に入国し観光していた旅人が路上に止めてあった自分のモトラドを、通りかかった会社役員の男性が近くで見ようとしたことに腹を立て、この男性との間で口論《こうろん》となった。その後男性が旅人に近づこうとしたところ、旅人は持っていたパースエイダーをいきなり二発撃《う》った。弾《たま》は男性の右肩《みぎかた》と右足に当たり、男性は救急隊によりすぐに近くの病院に運ばれたが、全治一ヶ月の重傷。

旅人は駆けつけた警官に事情聴取を受け、男性がモトラドを盗もうとし、先に殴《なぐ》りかかってきたと正当防衛《ぼうえい》を主張。警察はこれを認め、旅人は何事もなかったかのように夕方に出国した。現場は西門前《まえ》、昼時の買い物客でにぎわう人通りの多い商店街で、現場は一時騒然《そうぜん》となった。流れ弾によるけが人などはなかった。

〃正当防衛〃の発砲《はっぽう》例では、四日前に南地区で警《けい》ら中の警官に殴りかかった青年に、別の警官が警告なしに発砲。十四発もの弾丸《だんがん》を撃《う》ち込み死亡させた事件がある。この時も警察はすぐに警官の正当防衛を認め、市民からは国家権力による路上《ろじょう》射殺ではないかと抗議デモがあったばかりだ。（関連記事三十九面）

路上の殺意？　相次ぐ〝正当防衛〟の惨劇《さんげき》

平和な通りに響《ひび》き渡る甲高《かんだか》い破裂音《はれつ》。わき起こる悲鳴——。昼の買い物客でにぎわう平和な通りの真ん中で、その発砲《はっぽう》は行われた。

肩と足から鮮血《せんけつ》を流しうずくまる男性。それを必死に手当する若い女性。目撃《もくげき》者の話では、旅人は左手に今撃《う》ったばかりのパースエイダーを持ったまま、介護《かいご》するでもなく、冷静にそれを見おろしていたという。

男性は五十五歳の会社役員。勤め先は医《い》療《りょう》機器でシェアトップを誇る優良企業だ。この日は仕事の関係で西地区に来ていた。事件が起きたのは、同僚《どうりょう》達と現場近くの飲食店で楽しく会食をし、通りに出てきた直後だった。

同僚の意見を統合すると、男性は通りで談笑《だんしょう》していたが、止めてあるモトラドを見つけ数歩近づいた。同僚に「これはいいモトラドだ」と楽しそうに話したという。そこに持ち主である旅人が血相《けっそう》を変えて近づき、男性にかなりきつい口調《くちょう》で注意した。

男性は若い旅人にやんわりと口調を注意したが、旅人はそれを無視。モトラドから今すぐ離れるようにと、怒鳴《どな》るように命令した。男性がもう一度注意しようと、旅人に向き直り一、二歩近づいた時、旅人は至近《しきん》距離から無警告《むけいこく》で発砲した。男性は右肩《みぎかた》に弾《たま》を受け、続けざまに右足も撃《う》たれ、こらえきれずその場にうずくまった。

病院に運ばれた男性は緊急《きんきゅう》手術を受けたが、全治一ヶ月の重傷。特に右足の弾丸《だんがん》は動脈からわずかこぶし一つ分のところを貫通しており、手術を担当した医師によると「当たり所によっては大変危険な状態に陥っていた可能性があった」という。男性はショックで記憶《きおく》が混乱し、事件前後《ぜんご》のことはまったく覚えていないという。

病院に駆けつけた男性の家族は、ベッドに横たわる男性を見て、「なぜこんな事になったのか分からない」と一様《いちよう》にショックを隠《かく》しきれない様子《ようす》で、夕方になって警官から旅人の正当防《ぼう》衛《えい》が認められ、何事もなく出国したとの知らせを受けると、「こちらは何も悪い事をしていないのに、一方的に撃《う》たれて、その上向こうは無罪放免《ほうめん》ではやりきれない。どこに怒りをぶつければいいのか」とうなだれながら話した。男性の弁護士は、「これ以上警察の横暴《おうぼう》を許すわけにはいかない」として、正当防衛を認めた警察の告訴《こくそ》を検討している。

識者《しきしゃ》の談話

正当防衛判断は国家の敗北
（トニ・メトネ　元南《もとみなみ》地方裁判所所長）

あの旅人は必要がないのに撃ったと思う。そこには自分は旅人だから、すぐに出国さえすれば簡単には裁かれないだろうという、したたかな打算があったことは想像に難《かた》くない。旅人は警告《けいこく》もせずに、まさに問答《もんどう》無用で発砲した。非常に狡猾《こうかつ》かつ好戦的な人間だと言える。出国を延期させ、法廷できっちりと裁けなかったのは、この国の敗北に当たる。大変残念《ざんねん》だ。

行き過ぎた発砲容認《はっぽうようにん》だ

（ニャーヘ・ルハトバ〝警察を見張る市民の目会〟会長）

最近警察は、警官の生命保護を建前《たてまえ》に行き過ぎた発砲を容認する動きがある。四日前に起きた警官の発砲事件によって、正当防衛《ぼうえい》とパースエイダーの使用を巡って議論が盛んになっている最中《さなか》での、今回の事件。タイミング的にその流れを後押《あとお》しするものではないか。ひょっとするとあの旅人は、初めから捕まえてはいけない人だったのではないか。今ごろ国の外で報酬《ほうしゅう》でも受け取っているのではないか。そんな気もしてくる。

メディア・デル・プレス日報（八九三年　鹿《しか》の月七日）

〝読者の意見〟のコーナー

『入国審査《しんさ》の徹底を』

（ベティノ・テテスズ　女性・二十八歳・主婦）

「痛い。痛いなー」

四日の当《とう》新聞系《けい》ラジオニュースを聞きながら、私は思わずそうつぶやいてしまった。西地区で旅人が男性をパースエイダーで撃《う》ち、大けがを負わせた事件のことだ。

旅人の正当防衛《ぼうえい》をみとめた警察へ苦情《くじょう》が殺到《さっとう》中！　らしいが、私はなぜ武装《ぶそう》した人間をそのまま入国させたのか、あえて城壁／入国管理局の責任を問う。

善良な国民でも、パースエイダー所持には身元《みもと》調査が必要で、どこへでも簡単に持ち運べるハンド・パースエイダーともなれば、それはもっと厳《きび》しいはず。それなのに、旅人は腰《こし》に吊《つ》ったまま堂々《どうどう》と入国。こんな問題を起こして、その日のうちに何もなかったように出国。私はニュースを聞きながら呆然《ぼうぜん》として、男性の病室の様子《ようす》を聞いたときには口が自然に動いていた。

ニュースが終わってふと我に返ると、脇にいた五歳《さい》になる息子が「ママ、どこかいたいの？

だいじょうぶ?」と真顔《まがお》で聞いてくる。「だいじょうぶ。ママはもう痛くないよ」そう慌《あわ》てて返事をしながら、わが子の人を思いやる優しい心に涙がこぼれ、思わず抱きしめていた。同時に旅人の冷酷非道《れいこくひどう》なふるまいに激しい怒りがわき上がる。そんな人間を武器を持ったまま入国させたのは絶対に間違い! この子の安全のためにも、管理局には審査のいっそうの厳格《げんかく》さを求めたい。

『旅人さんはパースエイダーをすてて』
(アーネ・エレツ　女子・七歳・小学生)

私のいえの近くで、とっても悲しいじけんがおきました。モトラドを近くで見ようとした男の人が、そのもち主の旅人さんに、パースエイダーでうたれたのです。男の人は、かたと足におおけがをしてしまいました。

旅人さんは、どうしてそんなことをしたの? わたしはりゆうが分かりません。

「ぬすまれそうになったから」と旅人さんは言いました。でもわたしは、男の人が、きれいなモトラドをほんの少しちかくで見たかっただけだと思います。男の人はけがをしてとてもいたかったと思います。男の人のお父さんも、お母さんも、きっといたかったと思います。旅人さんには、お父さんやお母さんの気もちが分からない? 旅人さんにも、かえりを待っていてくれるやさしいお父さんとお母さんがいるはずです。「その人たちがいたかったらどう思う?」

わたしは聞いてみたいです。

パースエイダーは、人やどうぶつをきずつけたり、殺したりするときにつかうものです。わたしは、そんなものがこの世のなかから、なくなってしまえばいいと思います。そうすればだれもいたくなくてすみます。

旅人さんにおねがいです。もうパースエイダーなんてすててください。そして、やさしい心を持ってください。


『密室の公募選考《せんこう》の透明化《とうめいか》を』

（イライザ・ブラウ　女性・六十四歳《さい》・主婦）

先日《せんじつ》本紙で、二ヶ月前に生まれた森パンダの赤ちゃんの名前、一般公募《こうぼ》の審査発表がありました。拙作《せっさく》ながら私も応募させていただき、一日千秋《せんしゅう》の思いで待っておりました。

私は、清爽《せいそう》とした森に暮らす森パンダの愛らしい姿を表現したくて、『モリリン』を思いつきました。お子さまにも呼びやすく、森と『モリ』も韻《いん》を踏んでいて、これ以上なく美しい名前だと、思いついたときは思わず身震《みぶる》いをしてしまいました。

しかし結果発表を見たとき、私は頭におもりが乗ったような気分に突き落とされました。

絶対に最優秀《さいゆうしゅう》だと思っていたのに……佳作《かさく》にも入っていないなんて……！

記事によると最優秀作品は、『モリガン』……。私がお送りした名前と、たった一文字しか

ります。

落選したことは、最終審査員諸先生方の洗練《せんれん》された感性に触れられなかったと潔《いさぎよ》く諦《あきら》めておりますが、それにしても最優秀作品が、あまりに私の『モリリン』とそっくりなことが気になります。

最優秀作品の作者は、北地区在住の十七歳《さい》・女性とありますが、かのような人生経験が浅い少女に、最優秀に足る素晴らしい作品が生み出せるものでしょうか？

あまり人を疑うことが良くないとは存じ上げておりますが、審査に携《たずさ》わった誰《だれ》かが、私の『モリリン』の素晴らしさを見留《みとど》め、一文字を変え、あらかじめ受賞が決まっていた少女の応募作《おうぼさく》として最優秀に選出したのではないかとも思いました。

以前似《に》たような公募で、審査員と主催者の裏取引《うら》があったという疑惑もございましたね。今回もこのような密室での駆け引きがなかったとは言い切れません。

今後、このような公募が行われる場合、真の受賞者が報われるような、その審査を行う、たとえばオンブズマンのようなグループの存在が求められるのではないでしょうか。

違いません。

ニューズ・ワークス新聞

（八九三年　鹿《しか》の月五日）

旅人、男性に発砲《はっぽう》　警察は正当防衛《ぼうえい》を認める

四日昼ごろ、町の西側五十六番通りで、二日前に入国していた旅人（年齢不詳《ふしょう》）が、この旅人のモトラドを勝手にいじった男（55）に注意をしたところ、この男に抵抗されたためやむなくパースエイダーを発砲する事件があった。警察は旅人の正当防衛を認め、この旅人は夕方に無事《ぶじ》出国した。

窃盗未遂《せっとうみすい》か？　男は軽傷

四日午前十一時二十八分ごろ、西五十六番通りの路上で、二日に観光と休養で我が国に入国していた旅人が、路上に止めてあった旅行用のモトラドを許可無《な》くさわり、跨《また》ろうとする男を見つけた。旅人は口頭《こうとう》で何度か注意をしたが、男は相当酒《さけ》に酔っており、訳の分からない発言を繰り返した。その後、男が説得を続ける旅人に摑《つか》みかかったため、旅人はやむを得ず、持っていたハンド・パースエイダー（二二口径《こうけい》・自動式）を二発発砲してことなきをえた。男性は

右肩《みぎかた》と右足に弾《たま》を受けたが、すぐに病院に運ばれ、全治一週間ほどの軽傷。

旅人は駆けつけた警官にその場で事情説明を求められたが、目撃者《もくげき》などの証言から正当防衛《ぼうえい》が認められ、夕方に無事出国した。警察によると、旅人は今回の事件で我が国に対して特別な感情はないという。

事件当時《とうじ》男は泥酔《でいすい》状態。病院に運ばれた後も、自分が何をしたのかまったく分かっていなかったという。男は病室で警官により厳重《げんじゅう》注意を受けた。

最近我が国では治安の悪化が進み、深刻《しんこく》な社会問題となっている。四日前にも南地区で、麻《ま》薬《やく》中毒患者《かんじゃ》が担当医《たんとうい》に重傷を負わせて病院を脱走。パトロール中の警官のパースエイダーを奪おうと包丁《ほうちょう》を振り回し、別の警官が発砲。被害を未然《みぜん》に防いだ事件があったばかり。

（関連記事社会面）

〝飲酒状態〟という甘えと傲慢《ごうまん》　刑事事件にはならず

男はその時、自分は何をしても許されるとでも思っていたのか。他人の物を勝手にさわり、いじりたおす。持ち主の注意などはお構《かま》いなし——。

昨日《きのう》の事件で最も重要なことは、旅人に撃《う》たれ軽傷を負った男が泥酔《でいすい》状態だった。この一点につきる。

　男はこの日、会社の接待で現場近くの飲食店で食事をした。従業員の話では、男らの一団は相当量の酒類をあおり、周りの迷惑《めいわく》をはばからず、大声《おおごえ》で騒ぎ立てていたという。見かねたこの従業員に注意されて、逆に「うるさい！」と怒鳴《どな》りかえす始末《しまつ》だった。

　この男が道路に出て、たまたま目についたのが旅人のモトラドだった。アルコールがたっぷりの入ったこの男の目に、それがどう映ったのかは分からない。男はまっすぐモトラドに近づき、ハンドルやタンクをべたべたとさわり、跨《また》ろうとした。持ち主の旅人が、昼食用に買ったサンドイッチを抱えて戻ってきたのはこの時だった。

　多くの目撃《もくげき》者の話を統合すると、最初旅人《たびびと》は男に、それは自分の物であると丁重《ていちょう》に話しかけたという。しかし男は突如《とつじょ》キレた。「俺様《おれさま》を誰《だれ》だと思っている？　お前は社長か？　コラ！」「俺は昔これに乗っていた。だから俺のだ」「若造《わかぞう》なんだからグチグチと口を出す権利はない。分かったらとっとと失せろ！」などと支離滅裂《しりめつれつ》な発言を繰り返し、逆に旅人に罵声《ばせい》を浴びせかけた。旅人はその後も冷静な口調《くちょう》で、何度かモトラドから離れるよう要求したが、男はまったく聞く耳を持たず、逆に若い旅人の冷静な口調に腹を立てたのか、モトラドを蹴飛《けと》ばし、旅人に摑《つか》みかかろうと大声《おおごえ》を上げながら近づいた。旅人が発砲《はっぽう》したのはその時だった。

弾丸《だんがん》は男の右肩《みぎかた》に当たったが、男が叫びながらさらに近づいたため、旅人は足を狙ってもう一発だけ撃《う》った。男はやっと暴れるのを止《や》めた。

病院の医師によると、旅人の撃ったパースエイダーは小口径《しょうこうけい》の威力《いりょく》のないもので、人間に当たった場合、頭や胸でもない限り命に別状はないという。男の場合、共に弾丸は致命傷《ちめいしょう》にならない箇所を貫通《かんつう》しており、射撃《しゃげき》に秀《ひい》でた旅人が、わざと太い血管や骨を狙いから外したと見るのが妥当だ。

今回の事件では、被害者である旅人がその日に出国してしまったこともあり、警察では刑事事件にはせず、そのため男の処分はなく、氏名も公表していない。

しかし、これで全《すべ》てが解決した訳ではない。酒に酔った人間が突如《とつじょ》理性を欠いた行動に出る危険性は、これからはその旅人ではなく、我々の隣《となり》にいつもあり続ける。

識者《しきしゃ》が語る

自衛のための当然の行動と結果
(ウォーレ・タダト　元国防《こくぼう》事務局長)
旅人が取った行為は、自分の財産を守るという観念から当然の行動であった。最初にモトラドに許可なく手を出したのは男であり、旅人は一旦《いったん》口頭で止めるように説得している。それでも男は意味不明《ふめい》な言葉をわめき、旅人に殴《なぐ》りかかろうとしたとの目撃《もくげき》者の証言がある。誰《だれ》であろうと、このような状態では実力行使はやむを得ない。今回《こんかい》正当防衛《ぼうえい》を認めた警察当局が、たいへん思慮《しりょ》に富む判断をした事を高く評価する。

酔余《すいよ》犯罪の罰則《ばっそく》強化を
（テノスト・テノスノ　〝子供を酔余犯罪で亡くした親の会〟会長）

旅人が我が国に対して、無法者をのさばらせている情けなくも幼い国との感想を持ったのは間違いない。これで彼、もしくは彼女を傷害罪で逮捕などしていたら恥の上塗《うわぬ》りだった。警察の英断に拍手を送りたい。我々は酔余犯罪を、「酔っぱらいはしょうがないな」などとなあなあで見逃《みのが》してきた慣習に、抜本《ばっぽん》的な処置をすべき時期に来ている。未成年《みせいねん》者の飲酒《いんしゅ》問題も含め、今後いっそうの罰則規定《きてい》強化を切に望む。自分の子供が殺されてからでは遅い。

ニューズ・ワークス新聞（八九三年　鹿《しか》の月七日）

〝発言する市民〟のコーナー

「あと一歩の公募《こうぼ》落選をバネに」　イライザ・ブラウ　六十四歳《さい》・女性・主婦

先日《せんじつ》本紙市民面で、二ヶ月前に動物園で生まれた森《もり》パンダの赤ちゃんの名前、一般公募《こうぼ》の審《しん》査《さ》発表がありました。拙作《せつさく》ながら私も応募させていただき、一日千秋《せんしゅう》の思いで待っておりました。

私は、清爽《せいそう》とした森に暮らす森パンダの愛らしい姿を表現したくて、『モリリン』を思いつきました。お子さまにも呼びやすく、森と『モリ』も韻《いん》を踏んでいて、これ以上なく美しい名前だと、思いついたときは思わず身震《みぶる》いをしてしまいました。

しかし結果発表を見たとき、私は頭におもりが乗ったような気分に突き落とされました。絶対に最優秀《さいゆうしゅう》だと思っていたのに……。佳作《かさく》にも入っていませんでした。

記事によると最優秀作品は、『モリガン』。私がお送りした名前と、たった一《ひと》文字しか違いません。

落選したことは、最終審査《しんさ》員諸《しょ》先生方の洗練《せんれん》された感性に触れられなかったと潔《いさぎよ》く諦《あき》めておりますが、それにしても最優秀作品が、あまりに私の『モリリン』とそっくりなことが気になります。公募《こうぼ》歴《れき》の長い私ですが、今回のように、自分のアイデアがあと一歩というところだったと思うと、落選の悔しさも倍増《ばいぞう》します。

しかしこんな事でくじけてはいられません。奮起《ふんき》一番との言葉通り、この思いをバネにして、例《たと》え親類縁者《えんじゃ》から年寄りの冷《ひ》や水《みず》と言われようと、これからも公募にいっそう励んでいきたいと、決意を新たにしています。

（一部添削《てんさく》しました・編集部）

「発砲《はっぽう》イコール悪の風潮に物申《ものもう》す」　ノガン・ヘトネ　七十六歳・男性・無職

四日に西地区で起きた、旅人が発砲し男にけがを負わせた事件で、男と男の両親が旅人の正当防衛《ぼうえい》を認めた警察を告発する予定があると知ったが、とんでもない筋違《すじちが》いだ。

昼間から酒におぼれ、他人の持ち物を勝手にいじろうとし、あまつさえ持ち主の再三《さいさん》にわたる警告を無視。さらには先んじて暴力を振るおうとした男に、正しき行いがあったとは到底《とうてい》考えられない。さてさて、ご両親はどのように躾《しつけ》られたのか。

発砲《はっぽう》によって殺意があったとみた方もおられるが、旅人は警告《けいこく》を発した後、男の肩と足ねらって一発ずつしか発砲していない。四十年間警察官《けいさつかん》として、第一線で犯罪者と戦ってきた経験を持つ私に言わせれば、本当に殺意があったのなら、狙うのは当然頭《あたま》か胸であろう。発砲したという事実だけをことさら強調し、旅人を一方的に悪者扱《あつか》いするのは間違っている。

我々は悪しき風潮《ふうちょう》として、「より大きな力（たとえば発砲）を使った人間が全《すべ》て悪い」と、状況を無視して決めつけてはいまいか？　自分がその場にいて、当事者だったらどう行動したか。読者諸氏《しょし》には冷静に考えてもらいたいと思い筆を執《と》った。


「旅人の正当防衛《ぼうえい》で昔の体験思い出す」　匿名《とくめい》希望　三十歳《さい》・女性・会社員
先日の旅人さんが発砲した件で、昔の私に起こった出来事を思い出しました。

十五歳の時、近所を歩いていて、酔っぱらいに痴漢《ちかん》されました。

昼だというのに真っ赤な顔をしたその初老《しょろう》の男性は、私に突如《とつじょ》抱きついてきました。私はパニックになり、悲鳴も上げられませんでした。その男性は酒臭《さけくさ》い息を吐きかけながらしばらく私の体を触ったあと、卑わいな言葉を残して、げらげら笑いながら去りました。

私はそこにうずくまって、数時間後《ご》に私の様子《ようす》を見に来た母に発見されました。母は泣いていた私をすぐに病院に連れていき、警察にも連絡しました。

警察はすぐに、その男を任意《にんい》同行してくれました。私は絶対に犯人を逮捕してほしくて、勇気を出して「この人です」と言いました。するとその男はこう言いました。〝私は有名中学校の校長で、そんなことはするはずもない。これ以上私を侮辱《ぶじょく》するようなら、名誉毀損《めいよきそん》で君と君の両親を訴える〟……。

残念ながら証拠《しょうこ》がなく、警察は男を逮捕することができませんでした。男はさんざん私達に毒づいて帰っていきました。後で父が調べると、その人は本当に校長で、教育界ではかなりの著名人だということが分かりました。

しかし数年経《た》って、その人が亡くなった後、いろいろな噂《うわさ》を聞きました。普段から酒癖《さけぐせ》が悪く、ＰＴＡ会合で暴言《ぼうげん》を吐いたことが何度もあったそうです。

今さら亡くなったその人についてとやかく言うつもりはありません。私の書いたことが真実だとの証拠も、何一つありません。

ただ私は、今回の旅人さんの発砲を正当防衛《ぼうえい》だと認めた警察を誰《だれ》よりも高く評価しています。

そしてそこに、十五年前に泣きじゃくる私をなぐさめて下さった、婦警《ふけい》さんの優しい言葉をだぶらせています。

「――だってさ、エルメス」

砂漠の真ん中で、一人の人間が言った。

見渡す限り広がる、硬くしまった砂の大地に座っている。半分沈《しず》んだ太陽が、空と砂を透明《とうめい》なオレンジに染めていた。

年は十代の半《なか》ばほど。黒い短い髪《かみ》に、大きな目と精悍《せいかん》な顔を持つ。黒いジャケットを着て、腰《こし》を太いベルトで締《し》めている。右腿《みぎもも》には、ハンド・パースエイダー（注・パースエイダーは銃《じゅう》器《き》。この場合は拳銃《けんじゅう》）をホルスターに吊《つ》っていた。

その人間の手には、たった今《いま》読み上げた新聞がある。周りには、読み終えた新聞紙が散乱していた。

近くに、一台のモトラド（注・二輪車。空を飛ばないものだけを指す）が止まっていた。

モトラドにはライフルタイプのパースエイダーが一挺《いっちょう》立てかけてあって、脇には旅《たび》荷物らしい大きな鞄《かばん》が置いてあった。

エルメスと呼ばれたそのモトラドが、楽しそうに言う。

「モトラドで旅をしているパースエイダー使いか。キノ、なんだか、そっくりそのままキノのことみたいだね。この記事読んだ人が、『ああ、これはキノのことだ』なんて思ってたりして」

キノと呼ばれたその人間は、苦笑《くしょう》しながら答えた。

「ひどいなあ……。ボクは町中でいきなり撃《う》ったりはしないよ」

「まあ、そう言えばそうだね」

エルメスはそう言って、しばらく黙《だま》った後、聞いた。

「じゃあ、この彼か彼女は、なんで撃ったんだろ？」

キノは地平線に消えていく太陽をぼんやり眺《なが》めながら、

「さあね。この記事からじゃなんとも言えないな。トリガー・ハッピーの冷酷《れいこく》なサディストだったのかもしれないし、必要な時には断固《だんこ》とした手段をとる正義の味方《みかた》だったのかも。ひょっとしたら両方かな」

「なるほど。……ところでさ、キノ。これらの記事にはとても重要なことがぽっかり抜け落ちてる。気づいた？」

「？　いいや」

キノは意外そうな顔をして首を傾《かし》げる。エルメスが早口《はやくち》で言った。

「モトラドの自主性だよ。なんで事件当事者《とうじしゃ》のモトラドの意見が何一つないのさ。それが一番ひっかかる。肝心のモトラドにきちんと意見を聞かないで、それで公正な報道といえるのかな。まったく」

エルメスは、しばらくぶつぶつ呟《つぶや》きながら憤慨《ふんがい》していた。その間に、空はオレンジから紫《むらさき》のグラデーションに移り変わり、やがて星の数が増えていく。

キノは荷物の中から毛布を出して、砂の上に敷いた。茶色のコートを羽織《はお》る。

エルメスに立てかけていたパースエイダーを手に取り、装弾《そうだん》されているか確認した。何度かスコープを覗《のぞ》き、その後二脚《にきゃく》を立てて毛布のそばに置いた。

「でもまたなんで、そんな記事を持ってきたの？」

ふと、エルメスが思いついたように聞いた。

「古《ふる》新聞をもらったら、たまたま載ってたんだ。……こうするためさ」

キノはそう言いながら、新聞紙を一枚ずつはがした。そしてそれを、雑巾《ぞうきん》を絞《しぼ》るようにきつく絞り上げる。棒状になった新聞紙を、砂の上に放射状《ほうしゃじょう》に並べ立てた。

「薪《まき》が近くにない時は助かるんだよ。新聞紙は絞ればよく燃えてくれるから」

キノはブーツの底でマッチを擦《す》った。そして新聞紙に火をつけながら言った。

「何が書いてあってもね」

幾《いく》つもの星が点を打つ濃紫《こいむらさき》の空の下《した》、ただ黒いだけの地面が広がっている。

そこに小さな灯《あか》りが一つともった。

第五話

「絵の話」

— Happiness —

第五話「絵の話」
—Happiness—

「すばらしい作品でしょう」

旅人が、ホテルのロビーで一枚の油絵を見上げていた。そばによってきたホテルのオーナーが、旅人に話しかけた。戦場の戦車《せんしゃ》の絵だった。戦車が敵と撃《う》ち合っていて、何人かの敵兵《てきへい》は吹き飛んでいる。

旅人が、オーナーに訊《たず》ねた。

「この絵描きの戦車の絵を、この国でよく見かけます。そんなに人気があるんですか？」

オーナーはよくぞ聞いてくださったとばかりに、数度頷《うなず》く。神妙《しんみょう》な面持《おもも》ちで答えた。

「この国では、十年前につまらない民族間の対立から内戦が起こりました。隣人《りんじん》同士の悲惨《ひさん》な殺し合いが四年六ヶ月も続きました。そして、私達は戦《たたか》いの虚《むな》しさに気がついたのです」

「…………。それと、この絵との関係は？」

「絵が、私達にそのことを思い出させてくれるんです。この国の国民一人一人の中に、戦争を憎む気持ちがあります。この絵描きの絵を、戦場が描かれた絵を見ることで、戦争の虚《むな》しさや悲しさを思い起こし、反戦への決意を新たにできる。だから、掲げる人が多いんです」

「なるほど」

「この絵描きは、二年前に彗星《すいせい》のように登場しました。彼は戦場の戦車《せんしゃ》しか描きません。すばらしい絵ばかりですよ。今や彼は、単なる売れっ子画家ではなく、平和のシンボルの創造主《そうぞうしゅ》ですよ。私達の心の内の代弁者です……。旅人さん、議事堂には行かれました？」

立派《りっぱ》な石造りの議事堂には、入ってすぐに大きなホールがあった。壁には巨大な絵がかけられている。大草原《だい》の壮絶《そうぜつ》な戦闘《せんとう》が、やはり戦車を絡《から》めて描かれていた。その下に、字を彫り込んだ石のプレートがある。

『見よ！　燃え落ちた戦車のハッチから突き出す死者の腕は、何時までも空を指している。それはとりもなおさず、間違いから学んだ我々が常に目指すべき高み——平和という名の、空！』

「いい絵でしょう。下の言葉は、現職《げんしょく》の議長が寄せたんですよ」

一人の初老《しょろう》の男性が、絵を見ていた旅人に話しかけた。小学校の校長をしていると自己《じこ》紹介した彼は、この絵描きの戦車の絵を、学校で購入《こうにゅう》したばかりだと言った。

「絵を学校に飾り、子供達に戦争の恐ろしさを伝えることができたと思います。子供達も、戦車に踏みつけられるのが戦争だと、それは痛いことであって、決して格好《かっこう》のいいものではないと分かり始めています。どんな教科書よりも、勉強になる教材です。とても高価でしたが、思い切って購入してよかった……。旅人さん、画集はご覧《らん》になりました？」

本屋に入ってすぐ、画集は一番めだつ場所に山積みされていた。旅人の見ている前で、一冊売れていった。

画集の帯《おび》には、『メッセージが、キャンバスの上で苦しみながら息づいている。全国民必見《ひっけん》の画集！』と書かれていた。

旅人が手にとって中を見る。

やはり戦車《せんしゃ》の絵ばかりだった。ある絵には、持ち主の批評がつけられている。

『キャタピラに踏まれ、為《な》す術《すべ》もなく折れていく黄色い花が、名もなき前線の兵士を表している』

この絵描き研究の第一人者という、美術館館長《かんちょう》の論文も載っていた。

『——モチーフが常に戦車であるということが、彼の絵を論じる上で最も重要なことである。戦車は大砲《たいほう》の強力な攻撃力《こうげきりょく》と、装甲《そうこう》による頑強《がんきょう》な防御力《ぼうぎょ》を持ちながらも、それでも戦場ではあっけなく破壊されてしまう。絵の中の戦車は、人間の精神的な強さと弱さのメタファーに他《ほか》ならない。それが——』

旅人は、画集をぱたんと閉じた。先ほどホテルのオーナーが、目を潤《うる》ませながら力強く語った言葉を、頭の中で思い出した。オーナーはこう言った。

「優れた芸術には、強い力があります。それは、私達に実に多くのことを訴えかけてきます。どんな学者の論文よりも、どんな政治家の演説よりも……。この作品は、間違いなくそのうちの一つですよ。今から五年経《た》った後、十年経った後、二十年経った後、私はこの作品を見て、どんな気分になるんでしょうね。私はそれを知りたい……。そんな気持ちとこの作品を、いつまでも大切にしたいと思っています」

入国してから三日目の朝。キノは相変わらず夜明けと共に起きた。

「おはよう、エルメス」

エルメスと呼んだモトラド（注・二輪車。空を飛ばないものだけを指す）に、荷物を積み込む。そしてホテルを後にした。

早朝の、誰《だれ》もいない町中を走り抜ける。畑が広がる郊外に出た時、キノは何もない道端《みちばた》でイスにぼーっと座る青年を見つけた。速度を落とす。

「やあ、珍しいモトラドだなあ。旅の人？」

青年は、そう話しかけてきた。キノはエルメスを止めた。エンジンも切る。

「ええ。もう出国するところですけど」

「お兄さん、こんなところで何やってるの？」

エルメスが聞いた。

「僕は絵描きさ。新しい絵を描こうかなと思ってる。朝、外にいると気分がすっきりするんだ」

絵描き青年のイスの脇には、折《お》り畳《たた》まれたイーゼルと、大きなキャンバス、絵の具で汚れた鞄《かばん》が置いてあった。

「ふーん。描いた絵は売れてるの？」

「うん。最近僕《ぼく》の絵は、あちこちに飾ってあるよ。こないだ議事堂行ったら、あった」

「ひょっとして、戦車《せんしゃ》の絵？」

三度エルメスが聞いた。

「そうさ。見てくれたんだ」

絵描きがそう答えて、キノが頷《うなず》く。

「ええ、あちこちで見かけました。一つお聞きしたいんですけど」

「何？」

キノは訊《たず》ねた。

「なぜ戦車と戦場をお描きに？」

絵描きは顔をほころばせた。

「よく聞いてくれたね！」

絵描きは楽しそうに、

「僕は戦車が大好きなんだ！　だから戦車の絵ばっかり描いてるのさ！　だって、戦車ってカッコいいだろう？　分厚《ぶあつ》い装甲《そうこう》に、強力な主砲《しゅほう》！　全《すべ》てを踏みつぶすキャタピラ！　陸戦《りくせん》の王者さ！」

キノが、ゆっくりと微笑《ほほえ》んだ。

絵描きは続ける。

「戦車が戦場で大《だい》活躍している絵を描くのが、僕はとても好きだ。そればっかたくさん描いてる。で、ある時画廊《がろう》に持ってってみたんだ。売れたから驚《おどろ》いたよ。僕が何にも言わなくても、『愚《おろ》かな間違いを再び起こさないため』とか何とか、ぜんぜん訳《わけ》分かんないこと言って、勝手にすごく高い値段をつけてくれるんだから、こっちとしては大喜びだよ。美味《おい》しいものがたくさん食べられるようになったし、画材もたくさん買える。それに、朝から晩まで絵を描いていられるしね」

「楽しそうだね」

エルメスが言うと、絵描きは何度も頷《うなず》いた。

「楽しいよ！　自分の好きなことをやってられるんだもん、毎日とっても楽しいよ！　ねえ旅人さん。他《ほか》の国にはもっと格好《かっこう》よくて、性能がすばらしいいろいろな戦車があるんだろうね。

水陸両用《すいりくりようよう》戦車とか、多砲塔《たほうとう》戦車とかさ。噂《うわさ》では、どんな装甲《そうこう》も貫く劣化《れっか》ウラン芯徹甲弾《しんてつこうだん》とか、反応爆薬《ばくやく》装甲をものともしない二段炸裂弾頭《さくれつだんとう》とかあるんだってね。見てみたいな。すごいんだろうな」

絵描きはしばらくウットリと、よく晴れた空を見ていた。そして、絵描きは急にひらめいたように、

「ああ……、そんなこと考えてるともっと戦車《せんしゃ》の絵が描きたくなってきた。イメージが湧《わ》いてきたよ。今度は無砲塔《むほうとう》のペッタンコのデザインがいいな。砲身《ほうしん》は車体に固定されていて、油圧サスペンションの制御《せいぎょ》で狙いをつけるやつだ。ドーザーで穴を掘って敵を待ち伏せるんだ。まるで石のように、静かに待つ。愚《おろ》かにも、敵はのこのこやってきた。さあ、一〇五ミリライフル砲が吠《ほ》える時さ。一撃《いちげき》必殺の初弾《しょだん》が命中！　敵の装甲車は一瞬《いっしゅん》で紅蓮《ぐれん》の炎《ほのお》に包まれて、憎き敵兵《てきへい》は火だるまで踊る！　やった！　敵《てき》部隊は全滅《ぜんめつ》だ！　……くーっ！　カッコいい！　今度はこれでいこう！　いい絵になりそうだ！」

絵描きは両拳《りょうこぶし》を握りしめてしばらく震えた。

それから、テキパキとイーゼルを立てて、そこにキャンバスを立てかけた。

「さて。行こうか」

キノがエルメスのエンジンをかけた。パレットに絵の具をひねり出している青年に、挨拶《あいさつ》をする。

「絵描きさん、お元気で。いい絵が描けるといいですね」

「ありがと！　君たちも元気でね。よい旅を！」

絵描きは笑顔で答えた。


そしてモトラドは走り去って、絵描きは戦車を描き始める。

第六話

「帰郷」

— "She" is Waiting For You. —

第六話「帰郷」
―"She" is Waiting For You.―

帰ってきた。

鬱蒼《うっそう》とした森の向こうに見える灰色の建物は、俺が生まれて、十五年を過ごした国の城壁だ。清流が木々をどけてくれているおかげで、てっぺんの監視塔《かんしとう》の形がよく分かる。もう、間違いようもない。

五年ぶりに見た城壁は、記憶《きおく》の中のそれとまったく同じだった。しばらく俺は、その光景を、夢の中の出来事のように、ぼうっと眺《なが》めていた。

それから俺は、重い荷物を背負いなおし、川に沿ってゆっくりと歩き出した。自分の故郷《こきょう》に向かって。

もうあとしばらく。夕方になる前には、城門の前につくだろう。

俺に父親はいない。俺が生まれる前に死んでいた。母親は、家でジャムを作って売っていた。

彼女のジャムは評判がよかった。だから、幸いなことに、貧乏で困ることはなかった。

子供の頃《ころ》から俺は、この国は平和だけれど、同時にこれ以上ないほど退屈《たいくつ》だと思っていた。農作物を作るために、毎年同じことを繰り返す生活。毎日同じように果物を煮込《にこ》む母親の姿も、それに重なっていた。
十一、二歳《さい》の頃には、冒険家になりたいと本気で思い始めていた。この国を出て、どこかいろいろなところで、毎日興奮《こうふん》と発見があるような人生を送りたいと。
この気持ちはどんどん強くなり、とうとう俺は、十五歳の誕生日に、国を出ることに決めた。

母親は、当たり前のように猛《もう》反対した。

「ここで生まれた人間は、ここで生きるのが一番なんだよ。どうしてそれが分かんないんだい」

母親はそう言ったが、むろん俺は、そんなことかまいもしなかった。女手《おんなで》一つで自分を育ててくれた母親に少しは悪いと思ったが、自分の夢を追いかけることに浮かれていた。

母親の他《ほか》にもう一人、俺を引き止めた人がいた。トートだ。

トートは五歳年下《としした》の女の子で、俺が十歳の時、家に引き取られた。死んだ彼女の親が、母親の親友だったからだ。

トートは、静かで引っ込み思案《じあん》な女の子だった。人と話すのが大の苦手《にがて》らしく、いつも他人から避けるようにしていた。だから学校にも行かなかった。

そのうちに、トートは母親からジャムの作り方を習い、あっという間にうまくなった。それからは、ずっと母親を手伝っていた。

「不器用《ぶきよう》なお前と違って、この娘《こ》は本当に役に立つよ。私が死んだ後は、この娘が私の味と店を継いで、お前はその用心棒《ようじんぼう》でもさせてもらうといいね、シュヴァルツ」

トートのおかげでだいぶ楽になった母親は、冗談《じょうだん》めかしてそう言っていた。


やがてトートは俺にもなじんできて、仕事がない時は、よく二人で遊んだ。

一番よくやった遊びは、鉄砲《てっぽう》ごっこだ。俺が水《みず》鉄砲でトートを待ち伏せて、こう言いながらパッと飛び出す。

「よけなければ当たる！　よければ当てる！」

そして見事命中《めいちゅう》させれば俺の勝ち、トートがそれに気づいてよけたら彼女の勝ち。

最初のうちこそいつも俺が勝って、トートをびしょぬれにしてやった。でもそのうちに、俺がどんなところに隠《かく》れるのかトートには分かってきて、俺が飛び出して口上《こうじょう》を言う前にトートはさっと身をかわす。そして俺はまったく勝てなくなった。本気で悔しがる俺に、トートはいつも楽しそうに笑った。

「どうしても行かれるのですか？　私は、シュヴァルツ様に行かないでもらいたいと思ってます。ずっとここで、一緒《いっしょ》に暮らしていきたいと思っています」

トートにそう言われてじっと見つめられた時は、母親に言われた以上に決心がぐらついた。その時の俺は、自分を慕《した》ってくれるこの少女を、誰《だれ》よりも好きだったかもしれない。

それでも俺は、自分で決めたとおり、十五の誕生日の朝、出発した。残していくもの、国や、母のこと、そして特にトートのことは、あえて考えないようにした。

トートは最後に、俺にこう言った。

「きっと帰ってらっしゃいます。シュヴァルツ様は帰ってらっしゃいます。その時まで、私はここで、いつまでも待っています……」


国を捨てて旅に出て、結局、昔の俺が望んだようなことは何一つなかった。それまで漠然《ばくぜん》と夢みていた、興奮《こうふん》と冒険の毎日は、そこにはなかった。どこにもなかった。

最初についた国では、ひどい干《かん》ばつで、仕事といったら、過酷《かこく》な農作業だけだった。それでもこれからの旅費を稼ぐため、そこに一年もいた。

次の国では、戦争に備えて傭兵《ようへい》を募集していた。俺は戦功《せんこう》を立てて、英雄になってやろうと志願したが、やったことといえば、ひたすら荷物を運ぶことだけだった。おまけに、戦争は結局起《お》こらなかった。俺はもう必要ないと言われ、それなりの代価をもらって、その国を追い出された。

その次に住んだ国では、宝石の発掘が盛だった。喜び勇《いさ》んで参加したが、知識も経験もない俺にできたのは、山師《やまし》組織の下働《したばたら》きになることだけだった。毎日危険《きけん》な穴の中で働いて、たとえ原石《げんせき》を掘り出したとしても、それは俺の物にはならない。春を待ってやめた。

最後の国では、刑務所の看守《かんしゅ》をやった。偶然《ぐうぜん》に空《あ》きがあったのだが、ここはとにかく暇《ひま》だった。囚人《しゅうじん》はおとなしい奴《やつ》らばかりで、脱獄《だつごく》なんて考えてもいない。嫌気《いやけ》がさした俺は、隙《すき》を見てそこから逃げ出した。囚人ではなく、看守が逃げたのは前代未聞《みもん》だったかもしれない。

それからもろくなことがなく、あちらこちらを、あてもなく彷徨《さまよ》った。一つの国に長くはいさせてもらえず、望むような仕事もなかった。森の中や海や川で、毎日の食べ物を探すことに労力をつぎ込む日々が続いた。

故郷《こきょう》に戻ろうと決めたのは、そんな生活が半年以上続《つづ》いた時だった。

城壁が見えてからだいぶ歩き、その見かけの高さが倍になった頃《ころ》、俺は、明らかに動物がたてる水音を聞いた。

草木が茂って見えないが、水音は俺の進む先、国の方から聞こえてくる。俺は腰《こし》のホルスターから、リヴォルバーを抜いた。ゆっくりと川から離れ、少し迂回《うかい》する。そして遠くから、川を覗《のぞ》いた。

そこにいたのは、人間だった。向こう岸の淀《よど》みで、肌着《はだぎ》だけで水浴びをしている少女。十五歳《さい》くらいか。痩《やせ》せた体に、短い黒髪《くろかみ》。俺には、それがトートだとすぐに分かった。

トートは、俺には気づいていない様子《ようす》だった。俺は複雑な思いで、その姿を眺《なが》める——。

自分が間違っていたと認めるのは、結構《けっこう》辛いことだと思う。

俺は彷徨《さまよ》っている間、もはや実現できそうもない夢のために国を出た自分が、実は間違っていたことを、気づいてはいたが、認めたくはなかった。

でも、こうしてトートの姿を眺《なが》めながら、俺は自然と苦笑《くしょう》して、それをとても素直に認めていた。つまり俺は大《おお》馬鹿で、母親とトートは正しかった。

どんな国でも、そこで生まれ育った人達は、自分達の生活をかたくなに守り、その中で幸せなことや生き甲斐《がい》を見つけて日々を生きていた。昔の俺が、それはとても平凡で、退屈《たいくつ》でつまらないと思っていた生き方だ。

今は、それがものすごく魅力《みりょく》的に思える。トートと一緒に、毎日ジャムを作って売って暮らす。当たり前でなんでもない生活。それが分かるために必要だったとしたら、自分が馬鹿《ばか》だと気づくために必要だったとしたら、五年間という時間は、ムダじゃなかった。

やりたいことが、今の俺にいくつかある。

一つは、母親とトートに、心配をかけて申し訳なかったと、ひたすら謝ること。

ジャムを作る仕事を、今まで以上に真剣に覚えることも必要だ。おそらくは母親がするように、毎日味《あじ》を落とさないために根つめて働いているだろうトートを、他《ほか》の誰《だれ》よりも気遣《きづか》ってやりたい。家が古くなっていたら、レンガを焼いて修繕《しゅうぜん》する。薪《まき》を取りに行くのも乾かすのも割るのも、これからは俺の毎日の仕事だ。

何よりもその前に、トートに俺が無事に帰ってきたことを伝えたい。

俺はリヴォルバーから、弾《たま》を全《すべ》て抜いた。シリンダーの九発と、シリンダー中央の散弾《さんだん》一発。それをポケットにしまった。俺はトートに気づかれないように、草を静かにかき分けて、近づいた。

トートは水浴びを終えて、畳《たた》んであった服に手を伸ばすために背中を向けた。俺は対岸の茂みから、空のリヴォルバーでトートに狙いをつけながらパッと飛び出す。最初に言うことは決まっている。〝よけなければ当たる！　よければ当てる！〟

「よけなけ」

そこまで言って、急に、誰かに勢いよく胸を叩《たた》かれたような感じがした。同時に、トートがこちらを振り向いて、右手を俺に向かってまっすぐ伸ばしているのが見えた。その手が、なぜか白い靄《もや》に包まれている。不思議《ふしぎ》と音がまったく聞こえない。

次の瞬間《しゅんかん》、急に視界が真《ま》っ暗《くら》になった。

なぜだろう？　何も見え

俺　ふし

か　ない　た。

お

トート。

ぬ？

キノは、畳《たた》んだ服の下のホルスターからハンド・パースエイダー（注・パースエイダーは銃《じゅう》器《き》。この場合は拳銃《けんじゅう》）を抜いて、振り向きざまに撃《う》った。八角形のバレルを持つ、大口《だい》径リヴォルバー。キノはこれを、『カノン』と呼ぶ。

弾丸《だんがん》は狙い違わず男の胸を射抜《いぬ》き、心臓《しんぞう》を破壊した。続けざまに放たれた次弾《じだん》が、男の口から入り上顎《うわあご》を突き抜け、脳に達した。

森の中に、ほとんど一発にしか聞こえない二発分の破裂音《はれつおん》が轟《とどろ》いた。鳥が少し飛び立った。

男はキノに狙いをつけたまま死んで、川の中に派手《はで》な水しぶきを上げて倒れた。

キノは体を拭《ふ》くと、服を着た。パンツとブーツをはく。白いシャツの上に長めの黒いベスト。腰《こし》をベルトで締《し》めて、『カノン』のホルスターを右腿《みぎもも》につける。

淀《よど》みのそばの茂みに、旅《たび》荷物を積んだモトラド（注・二輪車。空を飛ばないものだけを指す）が一台止まっていて、キノに大声《おおごえ》で聞いた。

「だいじょうぶ？」

キノが、やはり大声で返す。

「ああ。撃《う》たれてはいない」

「それは何より」

キノはモトラドのところまで歩き、

「お待たせ、エルメス」

エルメスと呼ばれたモトラドが、怪訝《けげん》そうに言う。

「追い剥《は》ぎさん、かなあ。だとすると、一人しかいないのは不思議《ふしぎ》だなあ」

「単なるのぞきかとも思ったんだけど……。いきなり狙ってくるとは驚《おどろ》いたよ」

エルメスが聞いた。

「それにしてもさ、キノ。なんでこんなとこに人がいるんだろ？　いや、まあ、人のことは言えないけどさ」

「あそこに向かってたのかも、しれないな」

キノはそう言って、グレイの城壁を眺《なが》めた。その双眸《そうぼう》が、少し細くなった。

エルメスが、また聞いた。

「何しに？　骸骨《がいこつ》だらけじゃん」

キノは小さく頷《うなず》きながら、

「まあね」

「国なんて、あっけないもんだねえ」

エルメスが、いたって普通の口調《くちょう》で言う。キノはエルメスの後輪《こうりん》を挟むようについている箱から、小さな木箱を取り出しながら、

「ああ……。流行病《はやりやまい》ってのは、そういうものなんだよ」

「全滅《ぜんめつ》？」

「ほぼ、間違いなくね。あの骨の様子《ようす》だと、二年以上は前かな」

エルメスがふーん、と感心したように言った。その後、急に声を弾《はず》ませて、

「そうか分かった！　キノ、さっきのは墓泥棒《はかどろぼう》さんだよ。亡国《ぼうこく》の金銀財宝《ざいほう》を狙う、『イエーガー』とか『ハンター』とかいう職業さ。キノのことをライバルだと勝手に思ってた。だからいきなり殺そうとした」

「そうかもしれないし、そうでないかもしれない」

キノは液体火薬《かやく》と弾丸《だんがん》を木箱から出し、『カノン』に詰《つ》めながら言った。

木箱をしまう時、キノは小さな鏡《かがみ》を取り出した。自分の顔と頭を見る。別の手で、前髪《まえがみ》を少しつまんだ。

「切りすぎたかな？　どう思う？　エルメス」

「いいんじゃない」

エルメスはまったく興味なさげに言った。キノは面白くなさそうに、鏡をしまう。

キノは帽子をかぶり、ゴーグルをはめた。エルメスのエンジンをかける。

「さて、行くかエルメス。今度は生きている人がいる国がいいな。安全だと、なおいい」

「よっしゃ」

モトラドは、森の中を走り去った。

川を、男がうつぶせのまま流れていく。

第七話
「本の国」
— Nothing Is Written! —

第七話　「本の国」
—Nothing Is Written!—

「住民カード、ですか？　あの、ボクはこの国の住人ではないんですけど」

「…………？　ああ！　あなた、旅人さんですね。今日の朝、モトラドに乗っていらしたっていう」

「ええ、そうです」

「でも、本は持ってこなかったのよね」

「はい？」

「あ、いえいえ、こっちの話です。ごめんなさいね。……で、これらの本の貸し出しを希望されるのですね？」

「そうです。……できますか？」

「えーっと、お名前は？」

「キノ、です」

「キノさん。お泊まりはどちらですか？」

「そこの角のホテル。名前は……、すいません忘れました。青い屋根の」

「大丈夫《だいじょうぶ》、分かりますわ。いつまで、この国に滞在されます？」

「あさってまで。本は、明日《あした》お返しします」

「それでしたら、大丈夫です。貸し出しカードを作りますので、ここにお名前とサインをお願いします。住所欄《らん》と社会保障《ほしょう》番号欄は、空《あ》けたままで結構《けっこう》です」

「はい。…………。どうぞ」

「ありがとうございます。今《いま》登録しますので少しお待ちを」

「どうも」

「…………。ところでキノさん。我が国の、これまでのご感想はどうですか？　もしよろしかったら」

「……本、ですね。とにかく本が、たくさんあって驚《おどろ》きましたよ」

「そうでしょう！　我が国では、読書が他《ほか》の何よりも盛んですから。この国の人達は、寝ている時以外は本を読んでいるって言われるくらいです。私は他の国を知りませんけれど、本屋と図書館の数は、どこの国にも負けないと思っています」

「そうかもしれませんね。少なくともボクが今まで見てきた中で、これだけ立派《りっぱ》な図書館が、国のあちこちにあるのはここだけです」

「キノさんも、ぜひご滞在中は読書を楽しんでください。本を読むことは、他《ほか》の何よりも人生を豊かにしてくれます。……はい、どうぞ。明日《あした》は朝五時に開館、夜は十二時までです。それ以外の時間でしたら、玄《げん》関前の返却箱《へんきゃくばこ》にお入れください」

「分かりました。ありがとうございます——」


「エルメス！　起きたかい？」

「ふにゃ？」

「エルメス？」

「ああ。電報を打ちに行くんですね。了解《りょうかい》」

「……何《なに》寝ぼけてるんだい。もしもし？」

「あ？　う。……なんだキノか」

「ホテルに帰るよ、エルメス。すぐ暗くなるし」

「やっとですか……。今積んだ重いのは何？　爆薬《ばくやく》でも買ったの？」

「本を借りたのさ」

「はい？」

「寝る前に、ホテルの部屋で読もうかなって」

「まだ読むの？　キノ。朝からずーっと図書館にいて？」

「まあ、たまにはいいかな、と思って。ひょっとしたら、明日も」

「……………」

「エルメスも一緒《いっしょ》にどう？　図書館のハシゴ」

「……モトラドは空を飛ばないし、本を読まない。羨《うらや》ましくもない。ふんだ――」


「おはよ、キノ。いつもと同じ時間にお目覚《めざ》めで。とても正確だね。少し驚《おどろ》いた」

「おはよう、エルメス。珍しいな。エルメスがボクと一緒に起きるなんて」

「いいや、昨日《きのう》は昼間に熟睡《じゅくすい》できたから、夜寝《ね》なかっただけ。たぶん今日の昼もゆっくり寝られるだろうし」

「なるほど……。ねえ、エルメス。ボクは寝言《ねごと》を言ってなかったかい？　変な夢を見たよ」

「へー、キノが夢を見るとは珍しい。どんなの？　忘れる前に教えて。寝言《ねごと》は言ってなかったよ」

「それが……、ボクは真《ま》っ黒《くろ》だけれど明るい、でもどこにどうやって行けばいいのかはよく分かる空間をさまよっていた。未来も過去も分からない。で、なぜか白いオオカミにいつも追いかけられてるんだ。ボクに似た人が、大切な何かを盗んだらしい。ボクの側《そば》には紅《あか》い目をした魔女《まじょ》が一人、いつも付き添ってくれていて、ボクのけがを治してくれるし、たまに気持ちのいい子守歌《こもりうた》を歌ってくれる」

「…………」

「しばらくその魔女《まじょ》さんと、通りのオープンカフェでお茶を飲んだり、雪の中を静かに散歩したりしていた。でも、子供が一人出てきて、聞き分けのないことを言うからと、魔女がその子をひっぱたいてしまった。その子は死んでしまった。次の日には、魔女の頭がなくなってしまって、ボクは悲しかった。すると、白いオオカミが、とてもきれいな女の人に変身した。彼女は、私と一緒《いっしょ》に来るんだ！　って言って、ボクは仕方なくついていった」

「…………。キノ、昨日《きのう》、一体《いったい》全体どんな本を読んだのさ？」

「――旅人さん、どうでした？」

「？　どうでしたって、何がですか？」

「たった今、返却《へんきゃく》ワゴンに戻されたその本ですよ。全部お読みになったんでしょう？」

「あ、ええ……。面白かったですよ」

「他《ほか》には？」

「他に、ですか？」

「ええ。何かあるでしょう。文章がとてもよかったとか悪かったとか。登場人物の感情がよく描《えが》かれていたとか。ぜひ旅人さんのご批評《ひひょう》をお聞きしたいんですよ。この国に生まれ育った人とは、また違った目で評価されるでしょうから」

「そう言われても……。急には難しいですね」

「そうですか……。私なんかはね、その本には六十九点をつけたんですよ。むろん百点満点《まんてん》で」

「はあ……」

「主人公の描き方はとてもよかったけれど、脇役《わきやく》が主人公に与える影響《えいきょう》がちょっと弱かったなと。そこがクリアできていれば、きっともっと点は上がりますよ」

「そんなものですか……」

「この作者は、非常にアクションシーンの描写《びょうしゃ》が丁寧《ていねい》です。まるで耳の横から、主人公の蹴《け》りが空気を切り裂《さ》く音が聞こえるようです。そこはとてもいい。反面、自然描写はいつもいい加減《かげん》で、『蒼《あお》い空。流れる雲』ってフレーズが最初の半分だけで十三回も出てきます。これには興《きょう》ざめです」

「…………」

「ちょい待ち！　何を言ってるんだね。そこがこの作者の持ち味なんだよ。よけいな自然描写なんて、彼の作品にはいらないんだな。その味が、まだ読み取れていないいな」

「ほう？　では、あなたはどういう評価をお持ちで？」

「点数は九十二点！　間違いなくこの作者の最高傑作《けっさく》の一つだな」

「ほほう。そう言い切るからには、むろん理由がおありなんでしょうな」

「あ、あの｜……」

「もちろんだ！　君だって分かってるだろう。アクションの重厚《じゅうこう》な臨場感《りんじょうかん》だ。だがそれだけじゃない。この作者は、戦って生き残ることを義務づけられた主人公達の、哀《かな》しみを描くのが実にうまい」

「ははあ。その点に着目《ちゃくもく》しましたか」

「……あのう、ボクはそろそろ失礼しますよ……」

「当然！　この点を読まずして、この作者は語れない。きついことを言えば、単なるアクションに目を奪われてしまうような読み手は、ついてこなくていいと思ってる。君の言った自然描写云々《うんぬん》は確かにそうだ。認めよう。だが、彼が、例えば『ロールト・リヴァーで会いましょう』のような自然描写を盛り込んで何とする？」

「ふむふむ。テンポが削《そ》がれるほどはいらないと？　『ロル・リヴァ』を出してくるとは渋いチョイスです」

「ボクはこれで……。それでは」

「作者が幼少期に父と叔父《おじ》を戦争でなくした経歴は知ってるな。『ボビーと檸檬《れもん》』の中で、彼は主人公にその思い出を語らせている。『ブラウ・フラウ・ブラウ』でも、生き残るために殺すということは何かと、女拳闘士《けんとうし》に悩ませた。闘《たたか》いを包み込む自然を無機質《むきしつ》に表現するのは、哀《かな》しくて切ない人間模様《もよう》の内側をリアルに、その外側はシンプルに、が彼の目指すところである以上——」

「——つまりそれが、あの作品においては——」

「——いわゆるテンダレンス派と呼ばれる作家達が求めてきた、『リアルとモラルとニュートラル』というものだ。このテーゼに——」

「——やはり、重要な脇役《わきやく》がバタバタと死んでいくのは、彼らが——」

「——それこそ、母なる自然のルーツを探っていくといった手法の——」

「——なるほど……。それらの点では意見は一致しますな。いやあ、あなたはよく読み込んでいらっしゃる」

「なんのなんの」

「そういえば旅人さ……。あれ？　いないや」

「『レルター・テンスン・ロジジコネルサレ』は読んだか？　あれなら八十オーバーは間違いなかろう」

「ええ、読みましたよ。文句なしの八十九点です。重要なのは第二章の寝室のシーンですね。あれは、『車輪はただ回るだけ』へのオマージュですよ。作者が物書きとしてきれいに成長するためには、どうしてもあのシーンが必要だったんです。実際彼《かれ》は、あれが書きたかったんですね。これは『パッケージ・ナインティーン』や、最初期の代表作、『重力は四十五歳《さい》で窓を割る』の中にも見えてますけど」

「ほう。その辺《へん》も押さえているとは、なかなか美しい読み方だな。『ボルト・アップ　―運命の三叉路《さんさろ》―』は読んだか？」

「もちろん！　余裕《よゆう》で八十八点をつけました。短編の最高傑作《けっさく》ですね」

「『ケリストネルトネス』は？　不可欠《ふかけつ》だぞ」

「五年前に。『ルルトネルトネス』と一緒にね。じゃあ、『ラムはこう言った』は読まれました？」

「ああ、当然だ。じゃあ、『トモッマ・レデヤツイ　～私の愛の唄《うた》～』は？」

「あの世代の基本ですね。ちゃんと読みましたよ。じゃあ――」


「――暇《ひま》だな……。ん？」

「……なるほど。この脇と上に荷物を積むのか……。……それでこれが――」

「ねえ！　ひょっとしてさ、モトラド泥棒《どろぼう》さん？」

「あ！　い、いえ……、その、わ、私は……、ただ――」

「今日《こんにち》は！」

「ひゃあ！」

「やあ、キノ。早かったね」

「中から見えたからね」

「あ……、あの……」

「泥棒《どろぼう》さん。紹介するよ、その人はキノ」

「今日は。驚《おどろ》かしてすいません。こちらはエルメスです。で、エルメスを盗むつもりでしたら遠慮《えんりょ》してください。ボクが困ります」

「い、いいえ。少し近くで見たかっただけなんです。誤解《ごかい》を招くようなことをしてすいません」

「なーんだ」

「モトラドに興味があるんですか？」

「いいえ……。あ、いや、まあ。……これなら旅ができるのかな、と思ったんです」

「旅、ですか？」

「ええ。旅に興味があって……」

「旅ならできますよ。あなたがモトラドに乗ることができれば」

「……いいえ、私には無理《むり》です。私は自転車にも乗れません。すいませんでした……。それじゃあ……」

「あの。ちょっと」

「はい？」

「珍しいですね。ひょっとしてこの国を出ていこうと思ってるんですか？」

「え、ええ。そうです」

「あ、本が大大大《だいだいだい》、大っキライだとか?」

「いいえ。本は大好きです。そのことに関しては、ここはすばらしい国です。いろいろな、ありとあらゆる本を読むことができますから」

「なーんだ」

「たしかにそうですね。ボクも気に入りましたよ。……それなのに、旅に?」

「……ええ。…………。キノ、さん。お時間ありますか? 私の話を聞いてもらえますか?」

「ありますよ。ぜひ、お聞きしたいですね――」

「実は私には……、いつか自分の本を出したいという夢があるんです。私の書いたものを、みんなに読んでもらいたい。だから、旅に出たいんです」

「え? ここでは無理《むり》なんですか?」

「ええ」

「どしてさ?」

「キノさんとエルメスさんがご存じないのも、無理はありませんが……。この国には、自分で何かを書こうと思っている人間が一人もいません。読んで楽しむだけです。ですから、出版社や印刷所などは一切ありません」

「すると、あの大量の本は？」

「年に数度、〝本屋〟と呼ばれる専門の商人があちらこちらから買い集め、卸《おろ》しにきます。全《すべ》て彼らが持ち込んだものです。この国で創《つく》られたものは、唯《ただ》の一つもありません」

「はあ……」

「びっくり」

「私は……、私は子供の頃《ころ》から空想が大好きでした。頭の中でいろいろなお話を創ったり、登場人物を好きなように活躍させたりして、一人で楽しんでいたんです。たとえば寝る前とか。本来は教師の話を聞いていなくてはならない授業中とか」

「よく分かります」

「あんまり」

「本を読んでいる時もそうでした。その本を楽しみながら、その楽しさが、まるで自分の空想の起爆剤《きばくざい》になるような瞬間《しゅんかん》があります。〝妄想《もうそう》の暴走〟だと、私は思っています。読んでいる途中なのに、まるで隣《となり》を走るボートにすっ、と飛び移って、急に舵《かじ》を切って向きを変えるように、自分の空想の話をすっ、と創り上げて、それを膨《ふく》らませてそっちを楽しむ。空想の話を創るのに夢中《むちゅう》で、ページが全然進まない時もあります」

「ボクもやりますよ」

「ぜんぜん」

「そのうちに、ただ空想するだけだと、どうしても物足りなくなってきたんです。その空想を、自分の話を、残してみたい。文章にして、残してみたい。そう思うようになりました。そしてそれを誰《だれ》かに読んでもらって、知ってもらって、自分が感動したように、誰かに感動してもらいたい。自分が楽しんだように、誰かに楽しんでもらいたいと」

「なるほど」

「……ノーコメント」

「その気持ちは、日々強まっていきました。自分という容器にはきっと規定量《きていりょう》があって、本を読んで入ってくる何かが、他《ほか》の何かを溢《あふ》れ出させるんです。この国にたくさんある、他人の本を、おもしろい本を読めば読むほど、今度は自分が書いてみたくなるんです。もしくは、その……、まるで何かおもしろい話を聞かされた時、負けじと自分の持っている話を伝えたくなるように。これは、自分はもっといい話を知っているぞという対抗心からなのか、それとも自分がその話を知らなかったことがとても悔しいという嫉妬心《しっとしん》からなのかは分かりません。両方かもしれませんね」

「続けてください」

「自分の本を創《つく》り出したい。それが私の夢です。……でも、この国で、そんなことを言い出したのは、私だけです。ひょっとしたら私は、この国《くに》一番の変人《へんじん》なのかもしれません。他《ほか》のみんなは、すでに書いてある本を読むことで、そしてその本を批評《ひひょう》することでいくらでも楽しめるのに、なんでわざわざ自分で書かなければならないの？　といった気持ちです。だから面と向かって私に、『書くぅ？　そんなことをして何になるの？』。そう言った友人もいます」

「…………」「…………」

「けれど、もうどうしようもないんです。自分の底から、何かを書きたい、知らせたいって衝《しょう》動《どう》がわき上がって……、のどが渇《かわ》くんです」

「それで、危険や苦労を承《しょう》知《ち》で旅に出たいという訳ですね」

「そうです！　ここではないどこかでなら、何かチャンスがつかめるかもしれません！　私が書いたものを認めてくれる人や、本にしてくれる組織があるかもしれません！　……でも、肝《かん》心《じん》の、旅の方法が分かりません。さっきも言ったとおり、私は自転車にも乗れませんから」

「…………。それなら、」

「はい？」

「それなら、ずっとこの国にいるしかありませんね。そのうちあなたの中で諦《あきら》めがつけば、本を読むだけの一生も、それほど悪くないと思えるかもしれませんよ。それがあなたの運命だと思うことができれば。少なくても、危険は冒《おか》さなくてすみますから」

「…………。そう、ですね。……ずうっとここにいる。自分が空想し創《つく》り上げたもの全《すべ》てを失いながら……。いえ、やがてそんなことすら、もうしなくなって、たぶんやり方も忘れて、生きていく――」

「…………」「…………」

「あはは！　それもあるかもしれません。なんか今、そんな自分の将来がパーッと見えましたよ。走馬燈《そうまとう》のようにです。生々《なまなま》しく！」

「そうして年をとっていくことも、おそらくは可能なんですよ」

「そうですね！　そんな自分の人生も想像《そうぞう》できます。すでに書いてある本のように。そこにあるストーリーを、ただ読んでいくようにです」

「ええ」

「そして想像してよく分かりました。そんなのは、嫌《いや》です！　自分の運命は、図書館の棚で丁寧《ていねい》にジャンル分けされているものじゃありません！　まだ何も！　何も書かれてはいないんです！」

「…………」「…………」

「お話を聞いてくださって、ありがとうございます。もう一度、自分なりに考えて、みます」

「そうですね。でも、あまり考えすぎないように。考えるだけで、終わってしまわないように」

「キノの言うとおりさ。〝下手《へた》の考え休んでニヤリ〟、だよ」

「は？」

「……〝休むに似たり〟？」

「そうそれ──」

「おはよう。エルメス」

「ふわああわわわ、おはよっす。……あ？　あれ？　出発するの？」

「ああ」

「まだ早いじゃん」

「いいんだ。もう朝ご飯も食べた。必要なものもそろえた」

「そうじゃなくってさ、てっきりキノは夕方ぎりぎりまで本を読んでくのかと思った」

「いいや。読書は確かに楽しいけど、その国を見てる訳じゃないから。本以外はとても退屈《たいくつ》な国だよ、ここは」

「ふうん……。ま、走り出すのは歓迎だよ。今日は天気もいいしね」

「……はい。出国手続きはこれで終わりです。ご滞在《たいざい》ありがとうございました。お気をつけて。よい旅を」

「ありがとうございました」

「どうもね」

「さて、行くかエルメス」

「よっしゃ──」

「キノ、誰《だれ》かいるよ。カーブの向こう。大きな荷物をしょってる」

「……あれは、昨日《きのう》の人だ。止まるよ──」


「おはようございます！　キノさん。エルメスさん」

「おはようございます」

「おはよー」

「キノさん、エルメスさん。すぐ先で道が分かれています。そこまで、ご一緒《いっしょ》しませんか？」

「いいですね。エルメスは？　エンジン切っていいかい？　しばらく押すよ」

「うん。お好きに」


「国の外でお会いするとは、正直言って驚《おどろ》きました」

「ええ。私も驚いています。偶然《ぐうぜん》とはいえ、お会いできてよかった……。ご覧《らん》のとおり私は、旅に出ることにしました。今日からです」

「そうですか……。他《ほか》の人は何と？」

「一応《いちおう》両親には自分の考えを伝えたんですが、そうしたら、『おまえはここで〝ちゃんとした生活〟を送れるのに、なんでそんな愚《おろ》かなことを考える？　それにどうせ無駄《むだ》だ』って強引に引き留められました。だから、『分かりました。お父様、お母様。もうそんなことは一切考えません』って一筆《いっぴつ》書いて安心させて、早朝こっそり出てきました」

「やるじゃん！」

「〝この誓約書《せいやくしょ》はフィクションです。実際の約束事《やくそくごと》とは……〟ってやつですね」

「あはは、そうです。でも、さっき通りを歩いていると、図書館に並びながら本を読んでいる友人達に会ったんです。彼らに言われましたよ」

「何と？」

「それがですね、『君は行くのかもしれないけれど、ここが一番いいところなんだ。私達はいつまでもここにいる。もし気が変わったら戻っておいで。また会えるといいね』って」

「……なるほど」

「だから言ってやりました。『今度会《あ》うときは、私はすぐ近くに、目の前にいるけれど、あなた達の声は全然聞こえない。だから、私に何を言ってもかまわないけれど、何点つけてくれてもかまわないけれど、返事はできないよ』って」

「…………」

「何がおもしろいのさ？　キノ」

「ちょっとね」

「結局のところ、誰《だれ》も『行ってらっしゃい』は言ってくれなかったです……。まあ、いいんですけれど」

「……………。どうやって、旅をするつもりですか？」

「そういえば、そうだね」

「それなんですが、昨日《きのう》あれから考えました。私は、車はおろか自転車にも乗れません。でも、どこかへ行く方法なんて、決して一つだけじゃないってことに気がついたんです。私は、二本の足で歩くことができます。それに、昔からスキーも得意でした。だから、とりあえず歩いて旅に出ようと思います。そして南へ向かって、雪が積もってきたらスキーで、行けるところまで行ってみます。時間はかかりますが、私にとっては、これが一番できそうな方法なんです。だから。——どこにたどり着くかは、まだ分かりません。どこにも着かないかもしれません」

「なるほど……。いいですね」

「すごい荷物だね。何が入ってるの？」

「脇の長いのはスキーです。このバックパックは、そのままそりになります。中には簡単な着替えと、携帯《けいたい》食料。でも、一番多《おお》いのは、紙です。半分は、今まで書いたもの。残りは、これから書くためにです」

「はー」

「パースエイダーは、何か持ってますか？」

「ええ。家にあるのを、一番軽《かる》いのを勝手に持ってきました。これです」

「へー。で、キノ。これ何？」

「二三四〇型、レーザー・サイトつき。このタイプなら、弾《たま》はどこでも扱ってるでしょう。でも、食料と同じくらいの弾薬《だんやく》は、常に持っていてください。そして、いつでも撃《う》てるように。分解《ぶんかい》と掃除は毎日」

「……分かりました。気をつけます」

「もう一つ、重要なことを」

「はい」

「撃《う》つときは、躊躇《ためら》わないこと。相手が食べられる動物でも、食べられない動物でもです。どんな時でも、他《ほか》の生き物ではなく、自分が生き残ることを最優先《さいゆうせん》にしてください。……死人は、ペンを持ちません」

「……分かりました。忘れないように、します」

「――葉が、落ちますね」

「ええ。すぐに寒くなるでしょう――」

「ここでお別れです。私は森を伝って南へ」

「そうですか。……お気をつけて」

「元気でね」

「ありがとうございます。……キノさん！」

「はい」

「私は、これからどうなるか分かりません。でも、いつか冬を越えることができたら……、たぶんきっと、私は生まれた国に還《かえ》ってきます。昔の自分を奮《ふる》い立たせるために」

「……いいですね」

「いろいろ、ありがとうございました。会えて嬉《うれ》しかったです。それじゃあ――」

「行ってらっしゃい」「行ってらっしゃい」

「………！　キノさん、エルメスさん……」

「はい」「うん」

「行ってきます！」


「――その後あの山を越えて、すぐに北西に向かう道を行く。それで太い街道に出る、はず」

「なるほど、道は分かった。……ところで、キノ」

「ん？」

「あの人……、うまくいくと思う？」

「…………」

「どう？」

「いいや、思わない」

「なんで？」

「例えば十人くらいの人間が何かをなしとげようと決意して、その願いを叶《かな》えることができるのは、一人いればいい方だ。だからうまくいかない」

「…………」

「確率《かくりつ》的には、そういうことなんだよ」

「…………。やれやれ。それってさ、キノ。キノが昔お師匠《ししょう》さんに言われたことと、まったく一緒《いっしょ》じゃん」

「そうさ。だから——」

第八話
「優しい国」
— Tomorrow Never Comes. —

第八話「優しい国」
—Tomorrow Never Comes.—

大地が彩《いろど》られていた。

山々が、緩やかに連なる高地。全《すべ》ての峰と谷と尾根を、豊かな森が埋め尽くしている。その葉は黄色に紅《あか》に染まり、本来の濃い緑色と絡《から》まってモザイク模様《もよう》を作る。

空に、薄《うす》い蒼《あお》が広がっていた。抜けるように高い。雲は、どこにも見えない。

森の中では、木々が紅葉《こうよう》を落とす。

そこに、一本の道があった。

土を固めた道で、落ち葉がふんわりと被《かぶ》さっていた。山肌《やまはだ》を縫《ぬ》うように走り、カーブとアップダウンを繰り返している。

その道を、一台のモトラド（注・二輪車。空を飛ばないものだけを指す）が走っていた。まるで船が波を立てるように、落ち葉を舞い立たせていく。急カーブが多いこともあって、モトラドはゆっくりと、道をトレースするように走っていた。

モトラドの運転手は、十代の半《なか》ばほど。大きな目と、精悍《せいかん》な顔を持つ。茶色のコートを着て、長い裾《すそ》を両腿《りょうもも》に巻きつけてとめていた。鍔《つば》と、耳を覆《おお》うたれのついた帽子をかぶり、風圧で飛んでいかないようにゴーグルのバンドが押さえている。

運転手が座る後ろには、キャリアラックがあって、大きな鞄《かばん》がくくりつけられている。その下には、後輪《こうりん》を挟むように箱が取りつけられていた。

「実を言うとね、エルメス」

走りながら、運転手が言った。

「今から行く国は、あまり……、いや、かなり旅人の評判がよくない」

「そうなの？」

エルメスと呼ばれたモトラドが、かなり驚《おどろ》いて聞き返す。

「前に言われたよ。『無愛想《ぶあいそう》なだけではなく、純粋《じゅんすい》によそ者に冷たい』とか、『あの国に、おもてなしという言葉はないね』とか、『どんなに頑張《がんば》っても、いいところが思いつかない』とか、『自分たちが一番偉《えら》いと、どうやったらああまで思い込めるのかしら？』とか」

「…………」

「『とにかく不親切で嫌気《いやけ》がさす』とか、『子供が石を投げてくる』とか、『旅人が行くと店が閉まる。もしくは品切れになる』とか、『不味《まず》いメシしか食べられない』とか、『ばられないように注意しろ』とか」

「…………」

「『入国で一日待たされる』とか、『旅人をどう悪く思っているか分かる見本だ』とか、『ホテルすら案内してくれない。野宿《のじゅく》した方がいいよ』とか、『もう近づくのもいやだ』とか、『あんな国、早くなくなっちまえ！』とか」

「…………」

「ボクが行ってみるって言ったら、その全員から止められたよ」

そう言って、運転手は軽く微笑《ほほえ》んだ。するとエルメスが、相当かなり呆《あき》れながら聞いた。

「……それでも行くかな？　キノ。道はいくらでもあるのに。自由に選べるのに」

キノと呼ばれた運転手が、笑顔で答える。

「それだから行くんだ。そこまでぼろくそに言われるなんて、どんな国なのか興味がある。それに、少しはよくなってるかも知れないよ」

「はあ。まったく変わってなかったら？」

「それもまたよし。出国してからぐちぐちと文句《もんく》を言い合おう」

キノが言い切って、

「ま、それもいいか」

エルメスがつぶやいた。

やがて、道は険しい九十九折《つづらお》りに変わった。山肌《やまはだ》をまっすぐ走り上がっては、急カーブを繰り返す。

キノが下を見ると、今走ってきた道が、木々の間によく見えた。

やがて、道は上り切った。キノはエルメスを止めた。

道は尾根を越え、ここからは下りになる。右側には、稜線《りょうせん》が延びる先に高い頂《いただき》があった。

正面に、向こう側の尾根まで雄大なU字谷《じだに》が広がる。その中に、グレイの城壁に丸く囲まれた国が小さく見えた。

「景色はきれいじゃん」

エルメスが感想を述べた。

「ああ。でも、住んでる人はどうだか、ここからは分からない」

「だね。じゃあ行こう。とっても思い出深い、一生忘《わす》れられない国になるかもよ」

エルメスがちゃかして、キノは微笑《ほほえ》んだ。

「だといいね」

モトラドは緩やかな斜面を下っていった。

城壁に門がある。しっかりと閉まったその前に、長いライフルタイプのパースエイダー（注・銃器《じゅうき》のこと）を持った兵士《へいし》数人が、キノ達を待ちかまえるように立っていた。

キノがスピードを落としながらつぶやいた。

「さてさて。すんなり入れてくれるかな」

「キノだけダメだったら、どうする?」

エルメスが答える。キノはエルメスを門の前で止めた。エンジンを切っておりる。キノはゴーグルを外しながら、兵士《へいし》達に近づいた。彼らは全員、険しい顔つきでキノとエルメスを見ていた。

キノが挨拶《あいさつ》しようとした時、

「何日滞在《たいざい》するつもりですか?」

兵士の一人が、いきなりつっけんどんに聞いてきた。

「おっ、噂《うわさ》どおりか?」

エルメスが絶対誰《だれ》にも聞こえないように、小さくつぶやいた。

「三日間。つまりあさってまでいられたらと思ってますが」

キノがそう言うと、急に兵士達の顔から緊張《きんちょう》が抜けた。全員が穏《おだ》やかな笑顔を作り、一瞬《いっしゅん》互いを見た。それからおもむろに、全員が直立不動《ふどう》の姿勢を作った。そして一部の隙《すき》もない動きで、全員がキノとエルメスへ、敬礼《けいれい》をした。

隊長らしい一人が、慇懃《いんぎん》に話しかけた。

「我が国へ、ようこそおこしくださいました。ご来訪、心より歓迎いたします」

「…………」

キノは一瞬《いっしゅん》驚き、帽子を取った。

「今日《こんにち》は。ボクはキノ。こちらはエルメス」

キノが会釈《えしゃく》して、兵士達はここでやっと敬礼の手をおろした。

「キノさんに、エルメスさんですね。どうぞこちらへ」

隊長はキノとエルメスを、脇の詰《つ》め所ではなく、門に直接導《みちび》こうとする。キノは再び驚《おどろ》いて聞いた。

「審査等《とう》はいらないんですか？　持ち物検査《けんさ》とかは？」

「いりません。あなた方が犯罪行為《こうい》を起こさないかぎり、それは失礼ですから」

隊長は笑顔のままそう言う。別の一人が詰め所に入り、すぐに外門《そともん》がゆっくりと上がっていった。

「さあ、どうぞ。我々は、任務《にんむ》規定で門の外にいなくてはなりません。中に誰《だれ》かおりますので、そこで何でもお訊《たず》ねください」

慇懃《いんぎん》な敬礼を背に、キノはエルメスを押しながら厚い城壁をくぐっていった。エルメスが言う。

「なんか、拍子抜《ぬ》けするね。ひょっとして、道を間違えた？」

「いや、そんなことはない」

そう否定するキノの目の前で、内門《うちもん》が開き始めた。

内門をくぐると、キノとエルメスは町の通りに出た。

城門前は広場だった。数人が集まっていて、キノを見つけると、よく来てくれたねと親しげに話しかけてきた。

キノがそれに受け答えしている間、あちらこちらからさらに人は集まり、やがてキノ達は、人だかりの中心にいた。彼らは皆《みな》笑顔で、口々に歓迎の言葉を述べる。睨《にら》みつける者も、石を投げる者もいなかった。

エルメスが、キノだけに聞こえるように小声《こごえ》で叫んだ。

「別の国だ！　絶対に別の国に来た！」

「そんなことはない。……たぶん」

キノはそこにいるみんなに、

「ありがとうございます。こんな大《だい》歓迎を受けるとは思わなかったので、少しびっくりしています。ええっと……、お聞きしたいんですが」

人々がキノの言葉を聞き漏らさないよう、静かになる。キノは多少緊張《きんちょう》の面《おも》持ちで、値段があまり高くなく、部屋かそのそばにエルメスを置けるスペースがある、シャワーつきのホテルはないかと聞いた。

彼らは、あそこがいい、いやこっちの方がと言い合う。その時、人垣《ひとがき》の後ろから、女の子の声が聞こえた。

「うちがそうだよ！」

人々をかき分けて、一人の女の子がすっと前に出てきた。十一、二歳《さい》ほど、短い髪《かみ》に大きな目をした女の子だった。

全員が議論《ぎろん》を止めて女の子に注目した。女の子はキノの前でぺこりと頭を下げると、

「こんにちは、旅人《や》さん。わたし、〝さくら〟っていいます」

「今日《こんにち》は。ボクはキノ。こちらは相棒《あいぼう》のエルメス」

キノが笑顔でそう言って、エルメスが、どうも、と挨拶《あいさつ》する。

さくらはキノをまっすぐ見つめて、両手を体の前で丁寧《ていねい》に合わせ、聞いた。

「わたしの両親はホテルを経営しています。すぐそこです。きっとお気に召《め》すと思います。いかがでしょうか？」

キノは一瞬《いっしゅん》だけ、驚《おどろ》きを顔に出した。そして目を細めた。

「じゃあ、案内してもらおうかな」

「そだね。よろしく」

キノとエルメスがそう言うと、さくらは笑顔で元気よく頷《うなず》いた。

「はい！」

キノはさくらの案内で、エルメスを押して歩く。

途中コートを脱いでエルメスの荷台にかける。キノは黒いジャケットを着て、腰《こし》をベルトで締《し》めていた。右腿《みぎもも》には、キノが『カノン』と呼ぶ、リヴォルバー・タイプのハンド・パースエイダーがホルスターに収まっていた。

「ねえ、キノさん」

さくらがキノを見上げ、話しかけた。

「ん？」

「『キノ』ってお名前、短くて響《ひび》きがよくて呼びやすくて、とってもすてきですね」

「ありがと。ボクも昔そう思ったよ」

キノがそう言うと、さくらが少し怪訝《けげん》そうな顔をした。

「昔？　今は？」

キノはふっと笑って、さくらへと視線を下げて言った。

「今もそう思ってる。いい名前だって。でも、『さくら』って名前も響きがいいね。どんな意味？」

さくらははにかみながら、

「お花の名前。春に咲く、ピンクのきれいな花」

「へえ……」

キノが短く言う。さくらは今度は少しふくれて、

「でもね、友達から〝オクラ〟とか、〝ねくら〟とかからかわれるんですよ。やんなっちゃう」

「…………」

遠くを見る目で黙《だま》るキノに、エルメスが聞いた。

「どしたの。キノ？」

キノはすぐに言った。

「なんでもない」

そしてこうつけたした。

「説明できるようなものじゃないよ」


やがて、キノ達はホテルに到着した。

それほど大きくはないが、外も中も丁寧《ていねい》に掃除がされて、きれいだった。

フロントにいた若い夫婦が、キノ達に挨拶《あいさつ》をする。

「ようこそいらっしゃいました。外からのお客様は本当に久しぶりです」

「わたしのお父さんとお母さん。このホテルの経営者で支配人。この辺《あた》りの観光《かんこう》案内人も兼ねてるの。そしてわたしは、将来有望《ゆうぼう》なその見習い」

さくらが言った。キノは笑顔で会釈《えしゃく》し、エルメスを紹介した。

「お部屋、どこがよろしいかしら？」

さくらの母親がそうキノに聞いて、さくらは素早《すばや》く台帳をのぞき込んで言った。

「一階の、ドアが広い部屋は空《あ》いてる？」

母親が頷《うなず》く。

「じゃあそこ。エルメスさんが出入りしやすいように」

そうさくらが提案した部屋に、キノとエルメスは案内された。さくらが言ったとおり、エルメスが余裕《よゆう》で入ることができる、そして向きを変えずに別のドアから外に出られる、便利な部屋だった。キノはこの部屋でどうですかと聞くさくらに、大変《たいへん》満足していると言った。

「もうすぐお昼ご飯だから、食堂に来てください。フロントの右横《みぎよこ》、大きな木の実の絵が描いてあるドアです」

「ありがと。すぐに行くよ」

さくらが去った後、キャリアから荷物をおろすキノに、エルメスが言った。

「なんかずいぶんと、前評判《まえ》と違うんですけれど」

「ねえ。ボクもびっくりしてる」

エルメスは声のトーンを少し落とし、真剣な口調《くちょう》で、

「ひょっとしてさ、キノ。今までのはサービスで、これからがらっと態度が変わるんじゃない

かな。そのギャップで旅人を不満足のどん底に落とすとか」

「そんな凝《こ》ったことをするかな……。まあ、それでもいいよ。ご飯を食べてくる。それが終わったら、町を見て回ろう。ひょっとしたらエルメスの言うとおりかも」

キノは苦笑《くしょう》しながらそう言うと、部屋を出た。


とても美味《おい》しい昼食の後、町を見て回るというキノに、さくらが無料で案内役《やく》を買って出た。キノは、その申し出をありがたく受けることにした。

キノはエルメスの後輪《こうりん》左右についている箱を外した。さくらにクッションを持ってくるように頼み、それをキャリアラックに敷いて、即席の後部《こうぶ》座席を作った。

さくらがそこに横向きに座る。キノは、走行中は自分の腰にしっかり手を回すように、そして右腿《みぎもも》の『カノン』にだけは触《さわ》らないようにと念を押した。

キノが最初に案内を頼んだのは、エルメスの具合を診《み》てくれる機械工《こう》のところだった。

車を直していた中年の機械工は、キノの申し出をすんなり受けてくれた。エルメスを、端《はし》から端《はし》までチェックする。そしてだいぶくたびれたり痛んでいるところ、具合が悪いところをすぐに見つけ出していった。

「ん？　これはどうしたんだい？」

機械工がキノに、エンジン脇《わき》のナットが欠けていることを聞いた。

キノがばつが悪そうに言葉を濁《にご》すと、エルメスが代わりに言った。

「キノがパースエイダーで撃《う》ったのさ。外れないからって」

「撃《う》った？」

「固着したナットがどうしても外れなくて、キノが火薬《かやく》の量を減らしたパースエイダーで、硬《こう》質化《しっか》パテを盛ったナットの角《かど》を撃ったのさ。止《や》めたほうがいいって言ったんだけどね」

機械工《こう》はキノに向き直り、少し呆《あき》れた渋い表情を作った。

「旅人さん……。豪快《ごうかい》だけれど、あんまり感心できないね」

「そのとおりですね……。すいません」

キノがそう言うと、

「おっちゃん、もっと言ってやってよ」

エルメスが半分は本気で言う。やがて機械工は、オイルまみれの顔で微笑《ほほえ》んだ。

「ま、治しがいがありそうだ。旅人さんは、さくらちゃんとお茶でも飲んで待っていてくれな。さて、いくか、エルメス君」

「いっちょよろしく！」

エルメスが、これ以上ないほど嬉《うれ》しそうに言った。

機械工の店先のベンチで、キノとさくらが並んでお茶を飲む。きれいに晴れた空に、太陽が暖かい。

「丁寧《ていねい》で腕の立つ人だ。エルメスが喜んで治してもらうことは、めったにないんだよ」

キノがそう言うと、さくらが隣《となり》に座るキノを見上げて嬉《うれ》しそうに言った。

「よかった」

キノがつけ足す。

「それに、お客をきちんと叱《しか》れる人もね」

さくらがくすっと笑った。

「お茶もおいしいしね」

そう言ったキノの前で、

「旅人さーん。我が国へようこそー！」

町の人が車の窓から、笑顔で手を振りながら通り過ぎていった。


二日目の朝、キノは夜明けと同時に起きた。

新品同様《どうよう》まで治された、そして熟睡《じゅくすい》中のエルメスを部屋に残し、ホテルの近くにある、小さな公園へ行った。空には雲がなく、きれいに晴れ渡っている。町の北にそびえる高い峰《みね》が、くっきりと近くに見えた。

キノはそこで、いつもどおり体を動かした。簡単な運動から、格闘《かくとう》の訓練《くんれん》まで。それから、装弾《そうだん》されていない『カノン』で、何度も抜《ぬ》き撃《う》ちの練習をした。

キノが汗を拭《ふ》いている時に、ジョギングをしている男が近づいた。笑顔でキノに挨拶《あいさつ》して、キノが挨拶を返す。男はキノに、この国の印象はどうかと聞いてきた。

キノは正直に、今まであちこちで聞いてきた噂《うわさ》とまったく違うと答えた。それを聞いた男は苦笑《くしょう》しながら、そうだろうね。昔ひどかったからね、と言った。

男は『カノン』を指さして、最近オーバーホールしているかいと訊《たず》ねた。キノが首を振ると、男は、南の通りに腕のいいパースエイダー・スミスがいるから、行ってみるといいと言って簡単な地図を土に書いた。

キノが礼を言うと、男は、

「この国に君が立ち寄ってくれたことに比べれば、それくらい本当にたいしたことじゃないんだよ」

そう言って、笑顔で手を振りながら去っていった。

「南通りのパースエイダー・スミスですね。分かりました。南地区に行ったら、公園がすてきですよ」

朝食を食べた後、キノはさくらにまた案内を頼めるかと聞いて、さくらはそう言って快諾《かいだく》した。キノが礼を言うと、さくらは少しすましながら、

「お客様を満足させるのが、案内人の仕事ですから」

昨日《きのう》と同じように、エルメスに二人乗りして着いたのは、南の城壁近《ちか》くにある、小さな店だった。さくらが大声《おおごえ》で、誰《だれ》かいませんかと聞く。しばらくして奥から、小柄《こがら》で禿頭《はげあたま》の、気むずかしそうな老人が出てきた。

「今日は休みなんだ。いいや、明日《あした》まで休みなんだ。明後日《あさって》来てほしいかな」

寝ていたらしいパースエイダー・スミスは、面白くなさそうな顔をして言った。

さくらが言う。

「こちらのキノさんは旅人さんなんです。明日までしかいないんです。パースエイダーの修理をお願いできませんか」

パースエイダー・スミスは意外そうな顔をして、

「旅人？」

さくらが頷《うなず》くと、彼はキノをちらっと見て、ぶっきらぼうに、

「どれ？」

と聞いた。そして、キノがホルスターから抜いた『カノン』を見て、一瞬《いっしゅん》難しい顔を作った。キノにそれを渡すように軽く指を振る。受け取ると、険しい表情のましげしげと眺《なが》めた。

ややあって、つぶやくように言った。

「……ああ、分かった。私でよければ、こいつをいじらせてもらう」

パースエイダー・スミスはキノに、他《ほか》の部品を出すように促した。キノはお礼を言って、『カノン』の予備部品と空《から》のシリンダーを数個渡《わた》した。

「だいぶガタがあるようだから、フレームから見てみる。必要ならパーツを替えるし、しばらくかかる。昼過《す》ぎくらいかな。公園でも見てくるといい。お祭りをやってるよ」

パースエイダー・スミスはそう言いながら、壁にいくつもかかっているパースエイダーの中から、おもむろに一挺《いっちょう》取った。四五口径《こうけい》のダブルアクション・リヴォルバーで、半月《はんげつ》クリップにつけられた弾《たま》もいくつか渡した。

「これは代わりだ。この国じゃ必要ないだろうが、まあ、重りだ。しばらく吊《つ》っとれ」

旅人とモトラドと女の子が、お礼を言いながら店を出ていった。老人は、たった今渡されたハンド・パースエイダーに目をやった。そして、誰《だれ》もいない店の中で小さくつぶやいた。

「驚《おどろ》いたよ……、本当に驚いた。長生きはするものだな」

店からそれほど遠くないところに、大きな公園があった。中には森の木々がそのまま残されて、水のきれいな沢や池がある。木でこしらえた簡単な家がいくつかあり、子供達が遊んでいた。

公園の一角《いっかく》に野外《やがい》劇場が造られていて、人が集まっていた。

キノとエルメス、そしてさくらがそこに着いた時、劇《げき》をやっていた。さくらが、市民によって演じられる、この国の歴史を子供達に教える劇ですと説明した。

キノが歴史には大変《たいへん》興味があると言って、さくらが見ていきましょうと案内した。

二人と一台は人ごみの一番後ろに並ぼうとする。するとそこにいた一人が、旅人であるキノを見つけ、自分より前へ行くように列を開けてくれた。次の一人もキノに場所を譲《ゆず》り、その次の一人も笑顔で席を譲る。結局キノ達は、何人にも礼を言った後、客席中央の一番見やすい席にいた。

キノは多少恐縮《きょうしゆく》しながら席に座った。脇にエルメスをスタンドで立てる。劇はすでに始まっていた。キノが話を追おうとした時、舞台脇《わき》でナレーターを務めていた男性が突如《とつじょ》声を出した。

「ちょっと待った。ちょっと！……あ、ごめん。でもちょっと待って！ ひょっとして、今そこにいらしたのは、昨日《きのう》いらした旅人さん達かい？」

舞台の上にいる人、下にいる人全員が、一斉《いっせい》にキノ達に注目した。さくらがすっくと立ち上がって、

「そうですよー！ たった今、劇が見たくていらしたんですー！ 案内はわたし」

そう返事をする。周りの大人《おとな》達から歓声がわき上がった。何故《なぜ》か自然に拍手が起こる。壇《だん》

上《じょう》の出演者までが拍手をして、指笛《ゆびぶえ》を吹いた。ナレーターが言った。

「どうでしょう、お集まりの皆さん。まだ本劇《ほんげき》始まって間もないことですし、このチャンスしかない旅人さん達のために、もう一度頭《あたま》からやり直すというのは？」

キノとエルメスがかなり驚《おどろ》いた周りで、「文句《もんく》なーし！」、「名案だ！」と言う声が聞こえ、また拍手が起こった。若い女性が立ち上がって、

「うちの坊《ぼう》やの名《めい》演技、今度はみんなちゃんと見てね！　左から三番目の木よ！」

そう大声《おおごえ》で叫んで、全員の笑いを誘った。

キノは立ち上がって、くるりと見回した後、頭を下げた。

「よーし。決まりですね！」

ナレーターがそう言って、壇上《だんじょう》では準備が始まった。キノはベンチにぺたんと座り、

「驚いたよ」

さくらを見て言った。

「上に同じ」

エルメスが言った。

「わたしたちの国に、ようこそ！」

さくらが笑顔で言って、劇《げき》が始まった。

劇は、この国の生い立ちを説明する。

遥《はる》か昔、遠くの国で迫害《はくがい》され追われた人達がいた。彼らはあちこちの国を訪れ、そしてどこも受け入れてはくれなかった。

彼らは長い放浪《ほうろう》の末に、とうとう深い森の中に迷い込んでしまう。

しかし、森の恵みは、飢《う》えていた人々の命を救ってくれた。彼らは、自分達を嫌《きら》う者がいないこの森を永住の地として、新しい国を造り上げることに決める。

それから、数え切れないほどの時が流れた。

「そしてね、わたしが今、ここにいるの。その流れの、先頭《せんとう》にいるの」

観客の拍手の中、さくらがつぶやくように言った。


「旅人さん。ぜひ私と昼食をご一緒《いっしょ》に」

そう申し出る人があまりにも多く、キノ一行はかなり困った。結局、劇のメンバー達の打ち上げパーティーに参加した。

公園でのバーベキューで、キノは何かお手伝いできることはと訊《たず》ね、炭火《すみび》をおこす役割をもらった。キノはそれをあっという間にこなすと、今度は焼く係が回ってきた。渡されたエプロンを照れくさそうにつけて、キノは数十本もの串肉《くしにく》を、実に手際《てぎわ》よく焼く。

エルメスは、そんなキノを見ながら、

「なんか楽しそうじゃん」

そうつぶやいた。

パーティーの後キノ達は、公園を見て回った。そして、パースエイダー・スミスの店へと戻った。


「できてるよ」

パースエイダー・スミスは顔を上げると、そう言いながらイスから立ち上がった。作業台の上に、布に包まれて置いてあった『カノン』を手に取る。皺《しわ》に囲まれた碧眼《へきがん》で、キノを見つめた。それから、『カノン』を布に包んだまま、グリップを前にして差し出した。

「とてもいいパースエイダーだ。大切にするといい」

「ありがとうございます」

キノは受け取ると、何度かハンマーを起こしたり、引き金を引いたりして作動を確認していく。その表情が、少し変わった。

「驚《おどろ》きました……。初めてこれを手にした時以上です」

「そうかい」

パースエイダー・スミスはぶっきらぼうに言った。

「ありがとうございました。お代はいかほどですか？」

「いらん」

「え？」

パースエイダー・スミスは自分のイスに腰《こし》をおろすと、キノを見上げて訊《たず》ねた。

「旅人さんは、パースエイダーの有段者だろう」

「ええ、まあ」

「そこでちょっと聞きたいんだが……」

「はい」

「昔、仕込んだ自分の教え子に、自分を〝師匠《ししょう》〟と呼ばせている、凄腕《すごうで》の有段者《ゆうだん》がいた。旅人だったんだが、流れながらあちこちでトラブルに首を突っ込んだ。腕があまりにも立ちすぎて、いろいろな国で睨《にら》まれたり、感謝されたりした。……だいぶ前の話だ。今はもう、生きていても相当の年だと思う」

「………」

「旅人さん。その人のこと、知らないかな？」

キノは、『カノン』を一瞥《いちべつ》して、ホルスターにしまった。パースエイダー・スミスの顔を、まっすぐ見据《みす》えて言った。

「いいえ。知りません」

パースエイダー・スミスはゆっくりと微笑《ほほえ》んだ。

「分かった。ありがとう。修理代はいらんよ。それとな、」

そしてイスを回転させて振り向くと、そこにあった木箱を摑《つか》んでキノに差し出した。

「そいつを見てほしい」

「？」

キノが受け取った木箱を開けると、中にはハンド・パースエイダーが一挺《いっちょう》入っていた。細身《ほそみ》のシルエットの、二二口径《こうけい》自動式。下にウエイトがついた、四角いバレルを持つ。左手用らしく、安全装置も、スライド・ストップも、マガジン・キャッチも右側にある。箱には予備の弾倉《だんそう》や部品、ハーモニカ形のサイレンサー、サイレンサー使用時のスライド・ロック、専用クリーニング・キット、ホルスターなども入っていた。

「いいものですね。このタイプを見るのは初めてです」

キノがそう言うと、パースエイダー・スミスは頷《うなず》いて、

「誕生《たんじょう》当時は『森の人』と呼ばれた、二二口径の代表的なハンド・パースエイダーだ」

「へえ。貴重なものですね」

キノが感慨《かんがい》深く言って箱を返そうとした時、パースエイダー・スミスがポツリと言った。

「旅人さんに使ってほしい。もらってくれ」

キノが驚《おどろ》いて顔を上げる。老人は静かに語り出した。

「そいつは昔、私が旅をしていた時、いつも腰《こし》に吊《つ》っていたものだ。何度も私の身を守ってく

れた。でも、もう何十年も使っていない。私は年を取ったし、旅にも出ない……。そいつはまだまだ使える。私と一緒《いっしょ》に朽《く》ち果てさせるのは惜しい。昔みたいに、そいつに旅をさせてやりたいんだ」

「そうですか……。でも……」

「受け取ってくれるね」

「あの……」

「受け取ってくれるだろう」

「……ボクは……」

「受け取ってくれるよな」

「…………。分かりました。使わせてもらいます」

キノがそう言うと、パースエイダー・スミスの顔に笑《え》みが浮かんだ。まるでバクチに勝ったような、ニヤリとした笑みだった。急に立ち上がって、弾《はじ》けるような大声を出した。

「よっしゃ！　そうこなくっちゃな！　ついてこい。クセを教えてやる。ホルスターもグリップもいじってやる。さあ！」

そして老人とは思えないほど強引にキノを引っ張って、店の奥の『試射室《ししゃしつ》』と書かれた看板の向こうに連れていった。

店先には、呆気《あっけ》にとられたさくらとエルメスが、ぽつんと残された。

「フロントに、少し帰るの遅れるって連絡してきます」

そう言って、さくらは近くの店に電話を借りに行った。キノとエルメスは、通りの一角《いっかく》で待っている。夕方になり、通りから人の姿は少なくなっていた。

「まさか、あんなに撃《う》たされるとは思わなかった」

そうつぶやいたキノの手には、木箱の入った袋《ふくろ》がある。

パースエイダー・スミスは、キノが三百発ほど撃ち込むまで解放してくれなかった。その間にホルスターを改造して、ベルトの背中につけられるようにしてくれた。そして、最後にキノ達が店を去る時に、満足そうな顔をして見送ってくれた。

「いいじゃん。こっちは暇《ひま》で暇でしょうがなかったよ」

エルメスが、少しとげとげしく言った。

「悪かったよ。お待たせして。でも、今回はボクのせいじゃない」

「さいで」

キノは袋《ふくろ》を軽く持ち上げて、

「これはどうしようかな？」

「使えばいいじゃん？　せっかくもらったんだし」

「簡単に言ってくれるな。二二口径《こうけい》の自動式なんて吊《つ》ってるところを師匠《ししょう》に見られたら、何言われるか」

「何も言われない。撃《う》たれる」

「…………」

「見られたら、でしょ。見られなければいい」

エルメスはこともなげに言って、キノは、

「ボクはね、いつもあの人に見られてるような気がするんだ」

「ご愁傷《しゅうしょう》様。……ところで、なんで知らないって言ったの？」

エルメスが聞いた。キノは正直に答える。

「師匠に、将来もしもの時は、そう答えるように言われてたんだ……」

「ああ、なるほど。キノの身を案じてのことだね」

エルメスが感心して、キノは誰《だれ》にでもなく、聞いた。

「あの人は、昔一体《いったい》何をやらかしたんだ？」


さくらが戻ってきた。

「キノさん。お母さんが夕ご飯は遅くしますって言ってました」

「ありがと。じゃあ帰ろうか」

キノがエルメスのエンジンをかけようとした時、

「ちょっと待ってください」

さくらが言った。

「キノさんにエルメスさん。その前に、もう一つ、ぜひお連れしたいところがあるんです。今しか行けないんです。ダメですか？」

「いや、ボクは構《かま》わないよ。エルメスは？」

「だいじょぶ。どんなとこ？」

エルメスが聞くと、さくらは、

「とてもすてきなところなんです！」

とだけ答えた。

ドアが開いて、キノとエルメスは同時に感嘆《かんたん》の声を上げた。キノとエルメス、そしてさくらは、城壁の一番上《うえ》に立っている。さくらの案内で、城壁の作業小屋に行き、そこにあった荷物用エレベーターに乗って上がった。

「すごいね」「きれー」

そこは紅《あか》かった。

沈んだばかりの太陽が、空を紅く染めている。濃くて、そして透きとおるような紅だ。

遠くには、連なる峰《みね》のラインがくっきりと見えた。空はそこから始まっている。

「ここがわたしの一番好きな、一番すてきだと思う場所です。いつかお客さんが来たら絶対に案内しようと思っていて、キノさん達が最初です」

「光栄だな」

キノはそう言って、エルメスのスタンドをかけた。

しばらく二人と一台は、立ったまま紅い空を眺《なが》めていた。

ふと、さくらが言った。

「わたし、将来はお父さんやお母さんの跡《あと》を継いで、立派なホテルの支配人と観光《かんこう》案内人になりたいんです。……なれるかな？」

「なれるさ。いや、もうすでに立派《りっぱ》な案内人だよ。この二日間、ボクはとっても楽しかった」

キノは笑顔で言った。

「上に同じ。こんな素敵《すてき》な国には、こんな素敵なガイドさんが似合《にあ》うね」

エルメスは少し気取って言った。さくらは軽く驚いて、照れたようにはにかんだ。

「えへへ。ありがとう、キノさんにエルメスさん」

キノは城壁にぺたんと腰をおろすと、さくらを見上げた。

さくらは夕日に向かって立ったまま、ゆっくりと話し出した。

「わたし、もっともっといろいろなことを知って、もっともっとすてきな案内人になりたいんです。わたしの生まれたこの国に、もっともっと大勢《おおぜい》の旅人さんが訪れて、その人が一生忘《わす》れられないような、すてきな思い出を、たくさん作って帰っていくんです」

そして少女は屈託《くったく》のない笑顔で、座るキノを見て、

「そのお手伝いができるなんて、すてきでしょう？」

キノはさくらを見上げたまま微笑《ほほえ》んで、何度か小さく頷《うなず》いて言った。

「ああ。とってもすばらしい仕事だ」

そしてもう一度、紅《あか》い空に目をやった。


ホテルに帰って、キノはさくらと一緒《いっしょ》に夕食を取った。エルメスは部屋で寝ている。美味《おい》しい料理の後、さくらの母親が、お茶とケーキを持ってきた。母親は、さくらが何か迷惑《めいわく》をかけなかったかしらと聞いたが、キノが、

「とんでもない。迷惑どころか、とても楽しい時間をもらいました」

そう言ったので、さくらは少し得意げに微笑んだ。

さくらが聞いた。

「ねえキノさん。旅をしていて、嫌《いや》なこととか、つらいことはあります？」

キノは頷《うなず》きながら、

「あるよ。たまにね」

「旅をやめたい？」

さくらはお茶を飲むキノの顔をじっと眺《なが》め、そう聞いた。

「いいや、それでも続けるだろうね」

「それは、キノさんが、するべきことだと思っているからですか?」

さくらの問いに、キノは首を振って、

「ボクが、やりたいことだと思ってるからさ」

そう答えた。

さくらは満足そうに笑《え》みを浮かべ、自分のマグカップに口をつけた。二口《ふたくち》飲んで、話題を変えるように聞いた。

「ねえキノさん。旅の途中で、すてきな人に、運命的な人に出会いませんでした?」

キノは少し驚《おどろ》いて、それからすぐに渋《しぶ》い顔を作って言った。

「いいや、残念ながらなかった。ボクがパースエイダーを振り回したんで、逃げられてしまったことなら何度もあるよ」

二人して笑うと、仕事を終えたらしいさくらの両親が来た。さくらの隣《となり》に座る。

母親が口を開いた。

「ねえ、さくら。さくらさえよければ、旅に出てもいいのよ」

「え?」

さくらが驚いて、両親の顔を見つめた。

「キノさんみたいに、あちこちを回って、いろいろ見て、勉強して。それからここで案内人になってもいいじゃない。そういう勉強の仕方もあるんじゃないかって、お母さん達キノさんを見ていて思ったの」

「そうかな……？」

「どう？」

さくらはほんの少し悩んだ様子《ようす》だったが、すぐに笑顔で首を振り、

「ううん。わたしはどこも行かないよ、ここで勉強して、ここで一番の案内人になる。それが私の夢だもん。それに、ここには立派《りっぱ》な先輩方《せんぱいがた》もいるし。ね、お父さん、お母さん」

両親は軽く顔を見合わせた。

「そう……。それもいいわね。後《あと》少ししたら、さくらが頑張《がんば》りすぎて、私達は暇《ひま》になるのかしら？」

母親がそう聞くと、すぐに娘《むすめ》は返事をする。

「そのとおり！」

そして、家族は楽しそうに笑った。

キノはそれを、別の世界の出来事のように眺《なが》めていた。

次の日、つまりキノが入国してから三日目の朝。キノはいつもどおり、夜明けと共に起きな

かった。

だいぶ太陽が昇った頃《ころ》、エルメスがひとりでに目を覚まして、キノがまだベッドの上にいるのを見てかなり驚いた。そして大声を出してキノを起こした。

目を覚ましたキノはすぐにベッドから飛びおりた。そして窓の外の太陽を見て、憮然《ぶぜん》とした表情を作った。

「どうしたのさ、キノ？」

エルメスが聞いたが、キノ自身まったく分からないといった表情で、

「おかしいなあ……。体の調子が狂ったのかな」

そうつぶやいた。

「キノさん。すぐ近くで結婚式があるんです。見に行きませんか？」

キノが遅い朝食を食べ終えると、エプロン姿のさくらがお皿をさげにきて、そう聞いた。

キノは快諾《かいだく》すると、部屋に戻ってエルメスを連れ出した。さくらと一緒《いっしょ》に、近くにある宗《しゅう》教的建築物《きょうてき》に向かう。たいした距離ではないので、エルメスは押していった。

祝福の人垣《ひとがき》の向こうに、落ち着いた色調の衣装をまとった、新郎《しんろう》と新婦《しんぷ》が並んでいた。

二人とも若い。十代後半くらいだった。

「ずいぶん早く結婚するんだね」

エルメスが聞いて、さくらは、

「普通は二十歳《さい》過ぎてから結婚するんです。珍しいです」

と答えた。

新郎新婦が、大きな袋《ふくろ》を持って台に上がった。来客の中から、女性だけがその前に殺到《さっとう》する。

さくらが早口《はやくち》で説明した。

「二人が小さな袋をたくさん投げるんです。その中に、木の種《たね》が一つ入った袋がいくつか混ぜられているんです。それは、自分たちが将来産《う》みたい子供の数なんです。そしてその種を持って、明日《あした》の朝を迎えた人が、次に幸せな花嫁《はなよめ》になれるって言い伝えがあるんです」

そう言いながらも、自分も参加したくてうずうずしているさくらに、キノが言った。

「ボクも探してあげようか？　一人より二人だ」

さくらが驚《おどろ》いて聞いた。

「いいんですか？」

「いいよ。行こう」

二人は女性客《きゃく》に加わった。

「ふんだ」

ほったらかしにされたエルメスが人知れずぼやいた時、新郎新婦《しんろうしんぷ》が叫んだ。

「わたしたちは！　五人、子供がほしいと思っています！」

そして二人で小さな袋をばらまき始めた。次から次へと投げて、多少殺気《さつき》立った女性客が落ちた袋を必死にひろう。中をあけ、目指すものが入っていないと分かると、他《ほか》の人の近くに放る。

さくらも体中《からだじゅう》をぶつけられながら探している時、キノに手を引かれた。そして人ごみの外へ連れていかれる。

「はい。これ」

キノが渡した袋には、大きな種《たね》が一つ入っていた。

「わあっ！　……でも、どうしてこんなにすぐに分かったんですか？」

さくらが驚《おどろ》いて聞くと、

「昔から、運だけはいいんだ」

キノはこともなげに言った。

「……もらって、いいんですか？」

さくらが確認するように聞いて、キノが言った。

「もちろん。案内のお礼には足りないかもしれないけれど」

さくらは大きく首を振りながら、

「そんなことないです！　わたし、今まで拾えたことないんです。いつかほしいと思ってたんです。ありがとうございます！　キノさん」

袋を抱きしめながら感激するさくらに、キノが言った。

「どういたしまして」


キノ達がホテルの前に戻ってくると、そこには丸腰《まるごし》の兵士《へいし》が数人立っていた。キノ達を見つけて、目の前に来た時に敬礼《けいれい》をした。一人が言う。

「旅人さん。そろそろ出国の準備をお願いします」

キノは少し考えた後、何気なく聞いた。

「その、もう一日二日滞在《たいざい》できませんか？」

さくらが驚いてキノの顔を見上げ、エルメスは大声《おおごえ》で聞いた。

「うわー！　キ、キノ。どうしたの？」

「いや、なんとなく……。そんなに驚くなよ」

兵士は硬い表情を崩さずに、

「……残念ですが、あなたは入国の時に三日だとおっしゃいました。ルールですから……。すぐに準備をおねがいします」

仕方なく、キノは準備を始めた。

近くで燃料を入れて、携帯《けいたい》食料を買い込んだ。店の主人はムスッとした顔の中年《ちゅうねん》女性だったが、値段を聞くとどれもこれもただ同然にしてくれた。

「いいんですか？」

キノが驚《おどろ》いて聞くと、

「ええ。旅人さんからふんだくるっていうのは考えものだし。その代わり、この店を他《ほか》の旅人に宣伝しておいてね。買い物は是非《ぜひ》ここでってて。他のところで買うと、旅運《たびうん》が悪くなるよ」

女はそう言ってウインクした。あまり可愛《かわい》くなかった。

キノ達はホテルに戻って、荷物を素早《すばや》くまとめた。フロントでは、さくらとさくらの両親、先ほどの兵士《へいし》達が待っていた。

「西へ行って野宿《のじゆく》なら、尾根の辺《あた》りがいいでしょう。そこより手前は、落石の危険もありますから。それより先は、きつい下りですし」

さくらの父親がそう言うと、兵士も、

「ああ、あそこはいいですね。少し下ったところに小さな沢もありますし、景色もいいです」

そう言って、簡単な地図を書いてくれた。

「はいこれ」

さくらが包みを二つ、キノに手渡した。さくらの母親が言う。

「この国の伝統的な野外食《やがいしょく》です。さくらと一緒《いっしょ》に作りました。小さい方は今晩中《じゅう》に、こちらは明日《あした》の朝にでもお食べください。しばらく日持《ひも》ちします」

キノはそれを受け取ると、そこにいる全《すべ》ての人に向かって言った。

「なにもかも、本当にありがとうございました」

そして、さくらには握手を求め、小さい手を握って言った。

「ありがとう。とてもすてきな思い出ができた」

さくらが、握る手にきゅっと力を込めて言った。

「どういたしまして」


西側の城門前には広場があって、荷物を積んだエルメスと、コートを羽織《はお》ったキノがいる。

その前に、来た時のようにたくさんの住人達が、こんどは旅人を見送るために集まっていた。

最後にキノが、住人を前にして言った。

「皆さん、どうもありがとうございます。ボクはいろいろなところを見てきましたが、こんなに親切にされて、楽しかった国は初めてです」

そこにいる全ての人が微笑《ほほえ》んだ。自然と拍手が起こる。

さくらが小さな体で、すすすっと前に出て、丁寧《ていねい》にぺこりと小さな頭を下げた。

「キノさんにエルメスさん。御《ご》滞在《たいざい》ほんとうにありがとうございました。今度はぜひ、すてきな方と一緒《いっしょ》に、ハネムーンでいらしてください。とっておきの部屋にご案内いたします」

立派《りっぱ》なホテル支配人のように、大人《おとな》ぶってそう言った。

キノは微笑む。

「ええ。またいつか」

その一言《ひとこと》に、群衆《ぐんしゅう》からはお礼の歓声がわいた。

「またいつか！」

そう言いながらさくらが小さな手を振って、キノも笑顔で振り返す。

そして、キノはエルメスを押して、内門《うちもん》をくぐっていった。一度も振り返らなかった。

外門《そともん》を出たところで、キノはエルメスのエンジンをかけた。兵士達が見送りに出てくる。

「お気をつけて」

兵士がそう言って、キノは全員に向けて帽子を取って会釈《えしゃく》した。敬礼《けいれい》を後にして、エルメスを発進させた。

兵士達は、モトラドが見えなくなるまで、手をおろすことなく見送り続けた。


「キノぉ？　珍しいね、キノが三日以上の滞在を望むなんて」

森の中を走りながら、エルメスがキノに話しかけた。

「ああ。自分でも十分驚《おどろ》いてるよ」

キノはそう言って、ギアを一つ落とした。そして続ける。

「でも、これでよかったのかもしれない。あれ以上いたら、もっと長くいたくなってたかも。

そしてずるずると、いつまでも出国できなくなる」

「……なんて珍しいお言葉。そうそう聞けないよ。天変地異《てんぺんちい》の前触《まえぶ》れか？」

「シツレイな」

キノが軽く笑いながら言った。エルメスは少ししんみりとした口調《くちょう》で、

「いい国だったたね」

キノは頷《うなず》いた。

「とても楽しかった」

しばらく走って、エルメスが思い出したように言った。

「噂《うわさ》と全然《ぜんぜん》違ったね」

「ああ」

「なんでだろう？」

そのエルメスの問いに、

「さあね。最初のうちは気にしてたけれど、途中からもう、どうでもよくなったよ」

キノはそう言って、ゴーグルの下で満足げに笑《え》みを浮かべた。

そしてこうつけ足した。

「もしボクが他《ほか》の旅人に、『どんな国だった？』って聞かれたら、こう言うことにするよ。『とても優しくて、丁寧《ていねい》にもてなしてくれたすてきな国だった』って」

夕方まで走ると、ちょうど一つの尾根《おね》に着いた。さくらの父親と兵士《へいし》が教えてくれた場所だった。キノはここで野営《やえい》することに決めた。

エルメスと木にロープを渡し、そこにタープを張ってもしもの雨に備える。その下に毛布を敷いて、寝袋《ねぶくろ》を置いた。

さくらにもらった小さな包みを開けると、こんがりと焼かれた、山鳥《やまどり》のローストが入っていた。キノは全《すべ》てたいらげた。

沢からくんだ水を沸かしてお茶を作る。キノはカップを持ったまま、東の景色に目をやった。稜線《りょうせん》からゆっくりと満月が昇ってきて、森の大地を薄暗《うすぐら》く照らしていく。遠くの地面に、まとまった人工の灯りがいくつも見える。さくらの国だった。

キノは軽くカップを捧げて、乾杯《かんぱい》の仕草をした。

お茶を飲み終えたキノは、エルメスに、後はよろしくと言った。そしてジャケットを着たまま、ブーツを履《は》いたまま、タープの下の寝袋に入った。

満月が、ちょうど一番高いところに昇った時だった。

寝袋の中でキノが目を覚まして、そのままがばっと体を起こした。エルメスが聞く。

「キノ？　どうしたの？　特に異常はないよ。近くに動物もいない。多分《たぶん》天気も大丈《だいじょうぶ》夫だよ」

「眠れない……」

キノは寝袋《ねぶくろ》の中から這《は》い出てきた。エルメスの隣《となり》に立つ。

「起きるのが遅かったからじゃない？」

「いや、違う」

そう断言したキノの表情は硬かった。

「なにか、嫌《いや》な感じがする……。なんかこう、砂をかじるような感触《かんしょく》があるんだ」

そう言って、キノは右股《みぎもも》のホルスターからおもむろに『カノン』を抜いた。さすがにエルメスも、それを見て緊迫《きんぱく》した口ぶりで、

「な、何さ？」

と短く聞いたが、キノはそれに答えずに、辺《あた》りを警戒《けいかい》した。エルメスもなんとなく辺りを見渡す。

空は、月へ向かって白くグラデーションがかかった薄紫色《うすむらさきいろ》。遠くには、連なる黒い山の形がはっきりと見える。東にある小さな地面の灯りは、さくらの国の、夜更《よふ》かしをしている誰《だれ》か。

エルメスが、敵を待ち伏せする新兵《しんぺい》のような面持《おもも》ちのキノに、

「特に何もないよ。気にしすぎじゃないの」

そう言った瞬間《しゅんかん》、地面が少し揺れた。そして、ズーンという低音が響《ひび》き渡った。

北側にそびえる高い山の中腹《ちゅうふく》から、黒い塊《かたまり》が盛り上がっていた。まるで真夏の入道雲《にゅうどうぐも》のように、それはもりもりと膨らんでいく。違うのは月明かりの下で濃い灰色をしていることと、それが山肌《やまはだ》から生まれていることだった。

それはある程度膨《ふく》らんだところで、端《はし》から順次崩壊《ほうかい》しながら転がり始めた。低音を響かせながら、猛烈《もうれつ》な速度で斜面を舐《な》めるように下っていく。キノ達から見て、左から右へ。

その巨大な流体は、やがて小さな灯《あか》りを飲み込んだ。

「何だ……？　何だあれ！」

キノが『カノン』のバレルでさしながら叫んだ。エルメスがぼそっと言う。

「記憶《きおく》が正しければ、パイロクラスティック・フロウだよ」

「パイロ……、何だって？」

キノが振り向いて聞き返す。ロープとタープを張ったエルメスが、学者のような口調《くちょう》で、

「パイロクラスティック・フロウ。火山灰《かざんばい》とか軽石《かるいし》とかが高温で吹き出して、山肌を高速で流れ下る現象だよ。家財《かざい》道具ってやつさ」

「……火砕流《かさいりゅう》ってやつか！」

「そうそれ！」

そう言ってエルメスは黙《だま》った。

火砕流は谷を流れ下っていく。キノは、見えなくなった地面の灯りを見ながら言った。

「今からボクがあそこに行って、何かできることあるか？」

「ないよ」

エルメスが間髪《かんぱつ》入れず返事をした。

「…………」

「火砕流《かさいりゅう》は摂氏《せっし》千度《せんど》近い。人なんてあっという間さ。体中の血液が一瞬《いっしゅん》で沸騰《ふっとう》して、ショック死するんだ。あれじゃあ、全員死《し》んでる。逃げる暇《ひま》もないよ。だから、キノにできることもない。行っても死ぬだけだよ」

呆然《ぼうぜん》とするキノに、エルメスが冷静に言った。

「…………」

鳴り響《ひび》く低音の中、キノはぺたんとそこに座り込んだ。

しばらくして辺《あた》りが静かになって、さらにしばらくして谷の視界《しかい》が晴れてきたときには、月は西に傾き、東の空は白み始めていた。キノはずっと、右手に『カノン』を持ったまま座っていた。キノは何も言わなかったし、エルメスは何も聞かなかった。

夜が完全に明けると、空と、そして地面のモザイクに色が戻ってきた。ただし、国が一つあった谷の中だけは、灰色一色《いっしょく》に覆《おお》われていた。

キノが立ち上がった。右手の『カノン』をホルスターに戻した。

無言のままタープを畳《たた》み、毛布と寝袋《ねぶくろ》をまとめた。鞄《かばん》の中にあった大きな包みを取り出した。

「食べたら……、出発しよう」

キノはそう言って、エルメスに座ると包みを開いた。硬く焼いたパンと、肉の塩漬《しおづ》けが入っていた。

キノは黙《だま》って全《すべ》て食べた。そして包みを畳もうとして、他《ほか》に一通の封筒《ふうとう》と、小さな包みも一《いっ》緒《しょ》に入っていたことに気づいた。

キノは中の手紙を取り出した。宛名《あてな》と差出人《さしだしにん》の名前が書いてあった。

「……手紙だ。ボクとエルメスへ。さくらちゃんのお母さんから」

「読んで」

キノの下でエルメスが短く言う。

キノはだいぶ明るくなった空の下で、手紙を読み始めた。

『キノさんへ。エルメスさんへ。私達の国を訪れてくださった、最後の旅人さんへ。

あなた方がこの手紙を読まれているときには、もう私達はこの世界にはいないと思います。

私達の国は、そして私達は火砕流《かさいりゅう》に焼かれ、灰の下に埋もれていることでしょう。

そのことを、あなた方はもうご覧《らん》になったかも知れませんね。

私達が、あの山が大《だい》噴火することを知ったのは、ちょうど一ヶ月前です。学者達の調査によって、かつてないほど大規模な火砕流《かさいりゅう》が、私達の国を襲《おそ》うことが分かりました。

私達に取るべき道は、二つに一つでした。国を捨てるか、捨てないかです。

私達は答えを出しました。この国にとどまると。

旅人であるあなた方には、この行動が愚《おろ》かに映るかも知れません。しかし私達は、ここで生まれ、ここで育ってきました。他《ほか》の場所を知りません。他の生き方を知りません。ひょっとしたら、私達には最初から選択の余地など無かったのかも知れません。でも、そうであっても、そのことを不幸だとは思いません。

それから私達は、ある種の清々しさを感じながら、残された日々をどう精一杯《せいいっぱい》生きていくかを考えました。私達は運命を呪《のろ》うことなく、憎むことなく、悲しむことなく、充実した毎日を送っていました。

ところがそんな時、私達は愕然《がくぜん》としました。私達がこの世から消えた時、私達のことを覚えていてくれるのは、他人しか、つまり旅人しかいません。

あなた方がご存じかは知りませんが、私達の国は、それまで立ち寄ってくれた旅人に対して、大変不遜《ふそん》な態度をとってきました。そのことで彼らが気分を害していることも、十分知りながらです。

私達は、このままでは私達が、失礼な言動《げんどう》ばかりとった民《たみ》として、誰《だれ》かの記憶《きおく》に残ってしまうことになると気づいたのです。

私達は、これからもし誰かが、この国に立ち寄ってくれることがあれば、できうる限りの歓待《かんたい》をしようと心に決めました。この国の、私達の記憶を、素敵《すてき》なものとして残してもらいたいと。

皮肉《ひにく》なことに、そう私達が心に決めてから、旅人はまったく来なくなりました。それまでの悪評が祟《たた》ったのかも知れませんね。

時間は静かに流れました。もう後三日しかないと、私達が諦《あきら》めかけていた時に、キノさん、エルメスさん、あなた方が来られたのです。

我が国を代表して、心よりの歓迎を申し上げます。
キノさん、エルメスさん。
ようこそ。

追伸《ついしん》
書くべきか書くまいか悩みましたが、知っておいてほしいと思います。
事実を知らされているのは、国民の中でも参政権《さんせいけん》を持つ者、十二歳《さい》以上だけです。さくらは、噴火《ふんか》の翌日《よくじつ》、つまりあなた方にとっての今日が、ちょうど十二歳の誕生日です。
キノさん。あなたがあの娘《こ》と大変仲良《なかよ》く話をしているのを見て、私達は無理矢理《むりやり》にでも、あなたにあの娘をお預けしようかと思いました。でも、昨晩あの娘は、私達の跡を継いで、この国で観光《かんこう》案内人になると言ってくれました。それが、あの娘の夢なのだとしたら、大変身勝手《みがって》な行動だと思われるかも知れませんが、あの娘は、私達が連れていきます。

最後まで読んで下さってありがとうございます』

「なるほど。それでか。納得《なっとく》した」
エルメスが言った。

キノはしばらく、手紙を持ったまま考えていた。

やがて、低い声で、うめくようにつぶやいた。

「エゴだよ……。これはエゴだ」

エルメスが静かに言った。

「そうかもね。でも、もうどうしようもない。どのみち、二人乗りで旅はムリさ」

キノは手紙を畳《たた》んで、封筒《ふうとう》に入れ直した。

もう一つの、小さな包みを手に取った。中には折《お》り畳んだ紙が一枚と、小さな袋《ふくろ》が一つ入っていた。キノが結婚式で見つけて、さくらに渡した袋だった。中を見ると、種《たね》もそのまま入っていた。

キノは急いで紙を開き、そこに書いてあることを読み始めた。


『キノさんへ。

これはわたしが、』

そこでキノの口が止まった。しばらく目を見開いて固まっていたが、エルメスが読んでよ、と促して、続きを一気に読んだ。

『これはわたしが持っていてもしかたがありません。あなたのです。

お気をつけて。

わたしたちのことを、忘れないで。

さくら』

キノは長く息を吐いて天を仰いだ。

しばらく、そうしていた。


やがて、キノはゆっくりと、手紙と袋を荷物の中に丁寧《ていねい》にしまった。

同時に、キノはパースエイダー・スミスからもらった箱を取り出した。中のホルスターを、腰のベルトの、背中に取りつける。

弾倉《だんそう》に、小さな弾丸《だんがん》を詰《つ》め込んだ。いくつかをポーチに、一つを『森の人』に入れる。装填《そうてん》して、安全装置《そうち》をかけて、ホルスターに収めた。

バレルを挟み込むホルスターの中で、一見ほとんどむき出しで、『森の人』はキノの背中を飾る。

「うん。似合《にあ》うよ」

エルメスが言った。キノは何も言わず、小さく微笑《ほほえ》んだ。

キノは荷物をエルメスに載せ、固定する。エルメスのエンジンをかけた。快調な、規則正しいエンジン音が、朝の森に響《ひび》く。

キノはコートを羽織《はお》った。帽子をかぶり、ゴーグルを首にかける。ちょうどその頃《ころ》、太陽がゆっくりと姿を現し始めた。森の緑と紅《あか》と黄色が鮮やかに映える。キノは目を細めて、ゴーグルをはめた。レンズが反射して、キノの表情を隠《かく》す。

「いい国だったね」

エルメスが言った。

「ああ、楽しかった、とても。……文句の言いようもないさ」

キノはエルメスに跨《またが》った。そして言う。

「行こうか」

「そうだね」

キノは一度だけ振り返り、灰色に塗られた緩やかな谷を見た。灰の下に沈んだ国を見た。

そして前を向いた。

やがてモトラドは走り去り、すぐにその場所は静かになった。

エピローグ 「砂漠の真ん中にて・a」
—Beginner's Luck・a—

砂と岩の砂漠の真ん中で、キノは空を見上げていた。晴れている。

そして頭を下げて、石造りの口を開ける井戸《いど》を見た。涸《か》れている。

紐《ひも》付きのカップを落としてみるが、水音はしない。引き上げると、濡《ぬ》れてさえいない。

キノは、苦《にが》い顔をして首を振った。

「だから言ったとおりだよ。最初からこれじゃあ、旅なんて無理《むり》だよ」

シャツに黒いベスト姿のキノの後ろから、スタンドで立っているエルメスが言った。

キノは見えない井戸の底を見つめ、つぶやいた。

「どうするか……」

エルメスはすかさず言う。

「どうしようもないよ。今からだったら間に合うからさ、お師匠《ししょう》さんのとこに戻ろう」

キノは首を大きく振った。

「いやだ」

「このままじゃどうしようもないよ」

キノは再び首を振った。

「分かってる……。それでもいやだ」

「まったく、一度決めたら意見を変えないんだから……。気持ちは分かるけどさ、この先水《さき》なしじゃ無理だよ。そりゃまあ、キノが干《ひ》からびるのは勝手だよ。でも、こっちはどうなるのさ。砂漠の真ん中でミイラのキノと砂に埋まるのはやだなあ」

「ボクだって、ミイラになんかなりたくないよ……。それにしても……」

「それにしても？」

エルメスの問いに、キノは両手を大きく広げ、井戸に向かって大声で怒鳴《どな》った。

「なんで！　なんでこんなに見事に涸れてるんだ！」

エルメスが淡々《たんたん》と言う。

「そりゃあ、日頃《ひごろ》の行いが……。もしくは、神様がさ、旅人の神様が、キノがこれ以上遠くへ行くのは無理だって言いたいんだよ。たぶん」

キノは額《ひたい》の汗を拭《ぬぐ》った。

「ふーっ。怒鳴ると暑い。喉《のど》も渇《かわ》く」

「じゃ、戻ろっか？」

エルメスはさりげなく言って、キノは即座に、

「いやだ」

「………。はーっ。できればさ、誰《だれ》か他《ほか》に乗ってくれる人がいるところでくたばってね」

「ご要望にお応《こた》えできない可能性が高いな」

キノはそう言って、鞄《かばん》からロープを取り出す。

「首をくくるの？」

エルメスが聞いた。

井戸《いど》の口とエルメスにロープを渡し、タープが張られている。その下の日陰で、キノは仰向けに寝ていた。

「キノ、起きてる？　いや、生きてる？」

エルメスが聞いて、キノのか細い声が返ってくる。

「起きてるよ。生きてる……」

「そろそろ決めないと、まずくない」

「………。まずいよ」

「道は二つに一つ。残ってる水でなんとかお師匠《ししょう》さんのところに戻って、勝手に出てきたことをコテンパンに怒られる。もしくは、このまま砂漠の真ん中で干上《ひあ》がって死ぬ」

「どっちもいやだな」

キノは起き上がると、タープの下から出てきた。

砂漠に少し風が出て、砂埃《さじん》が薄く舞い始めた。

「キノ。旅人に一番必要なのは、決断力だよ。それは新人でも、熟練《じゅくれん》の旅人でも同じ。違う？」

エルメスは、落ち着いた口調《くちょう》で諭《さと》すように言った。キノはそれに答えず、なぜかコートを羽織《はお》る。タープを外すと、エルメスにがばっ、と被《かぶ》せた。

「キノ？」

何も見えなくなったエルメスに、キノはにやりと笑いながら、

「いいや、エルメス。それは、きっと運《うん》だよ」

「え？」

「旅人に一番必要なのは、最後まであがいた後に自分を助けてくれるもの——。運さ」

キノがそう言った瞬間《しゅんかん》、ぽつんっ、と水滴《すいてき》がタープを叩《たた》く。続けざまに、ぽつ、ぽつぽつと、リズミカルに音がして、やがてそれは途切《とぎ》れのない連打へと変わっていく。

雨が降り出した。

特別にもう一編お贈りします…。

「続・絵の話」
—Anonymous Pictures—

私の名前は陸《りく》。犬だ。

白くて長い、ふさふさの毛を持っている。いつも楽しくて笑っているような顔をしているが、別にいつも楽しくて笑っている訳ではない。生まれつきだ。

私は旅をしている。

実際は、私が旅をしている訳ではない。私のご主人様であるシズ様があてのない旅をしているから、私は常にお供《とも》をしている。……まあ、結果的には同じことか。

シズ様は、いつもグリーンのセーターを着た青年だ。とある国の王家の生まれだった。

王家も国民も、質素《しっそ》かつ素朴《そぼく》かつ堅実な、いい国だったらしい。しかしシズ様が十五歳《さい》の時、シズ様の父親がクーデターを起こし、当時の王様や親戚縁者《しんせきえんじゃ》を皆殺《みなごろ》しにして国を乗っ取ってしまった。逃げ出したシズ様は復讐《ふくしゅう》を誓《ちか》い、〝あの男〟を殺害するために自分を鍛《きた》えようと、いろいろ苦労をしていた。私がシズ様に出会ったのは、その頃《ころ》だ。

ある程度の月日が経《た》って、シズ様は、すっかり堕落《だらく》した祖国《そこく》に戻る。市民権獲得《かくとく》の為《ため》に行われている殺し合いに参加して、優勝メダルを渡される機会に、〃あの男〃を惨殺《ざんさつ》するためだ。

むろんシズ様も、その場で殺される。

私は、そんなことをしてもなんにもならないと止めたのだが、……無駄《むだ》だった。

シズ様はトーナメントを淡々《たんたん》と勝ち進み、やがて決勝戦を迎える。

『お前はもう自由だから、好きなところに行くといい。今まで楽しかったよ。私は私の信念に基づいて、やるべきことをやる――』

最後に私にそう格好《かっこう》よく言い残して、シズ様は勝っても負けても死亡《しぼう》確実の勝負に向かっていった。私は、その背中を見送った。


そして、どうなったかというと……。

シズ様は相手の、キノという若い旅人に負けた。まあ、向こうが強すぎた感もあるが、最初から最後までいいようにあしらわれて、端《はた》で見ていて複雑な心境だった。

しかし、その旅人の手によってシズ様と私の運命は変わる。勝負の最後に、その旅人はシズ様ではなく、〃あの男〃を、流れ弾に見せかけて殺してしまったからだ。

シズ様は勝負に負けて生き残り、そして念願も叶《かな》った。

国の外でシズ様はその旅人を捜し、父殺しの礼を言った。私も、シズ様を救ってくれたことに、心から感謝の意を告げた。その旅人のことを、私は恩人《おんじん》として一生忘《わす》れないだろう。一緒《いっしょ》にいたモトラドは、実にいけ好《す》かないヤツだったが……。

そしてシズ様は、〝何かやりたいことが見つかるまで〟旅をすることに決めて、今日も彷徨《さまよ》っている。そして私は、いつもそばにいる。

「戦車《せんしゃ》の絵とは、珍しいな」

とある国で、そして到着したばかりのホテルのロビーで、シズ様が言った。壁には大きな油絵がかかっていて、そこには戦車の戦闘《せんとう》風景が描かれている。

シズ様が、荷物を私のそばに置いた。いつも持っている、黒くて大きな布バッグ。中には、シズ様愛用《あいよう》の刀が入っている。

シズ様は、ソファーを飛び越えて、絵がかかった壁にもう少し近づこうとした。その時、

「はい、ちょっとゴメンよ」

ホテルの作業員らしい男が、脚立を持って現れた。絵の前で脚立を立てて、すいすいっとのぼると、その絵を取り外してしまった。シズ様が怪訝《けげん》そうに言う。

「なんだ。外してしまうのかい？　見てたんだが」

作業員は振り向いただけで何も言わず、代わりに近くに来ていたホテルのオーナーが、シズ様に慇懃《いんぎん》に話しかけた。

「申し訳ありません、お客様。しかし、もう恥ずかしくて飾っていられないのです」

「恥ずかしい？」

シズ様が聞いた。

「ええ。その……、いつまでもこの絵を飾っていると、品位《ひんい》を疑われるんです」

「どうして？　こんな立派《りっぱ》な額縁《がくぶち》に入って、丁寧《ていねい》に飾ってあるのに。私は、別におかしいとは思わなかったが……」

シズ様がそう言うと、オーナーが実に複雑な顔をした。それはもう洗いざらい全《すべ》てを説明したそうな、しかしそれが恥ずかしそうな顔だ。

「その……、なんとも……」

少し口ごもった後、オーナーは言った。

「そうだ！　旅人さんは広場には行かれました？」

広場は国のほぼ中央にあった。どこの国にもありそうな、芝生《しばふ》や遊歩道、噴水《ふんすい》などが設置された公園広場だ。

私達がついた時には、すでに多くの人が集まり、冬の曇天《どんてん》の下、大きなたき火を囲んでいた。車を燃やしているのかと思えるほどの、大きなたき火だった。

たき火に近づくと、燃やされているのが多数の絵だと分かった。次々に、大小さまざまな絵が火に放り込まれていく。シズ様は放り込まれる寸前の絵を一つ見せてもらった。ホテルにあったのと同じ絵描きの、やはり戦車《せんしゃ》の絵だった。

「ありがと」

シズ様が返すと、それはすぐに火に放り込まれた。キャンバスにはあっという間に火がつき、よく燃える。

たき火の前の人垣《ひとがき》が割れて、そこにトラックが一台ついた。荷台を傾けて、載っていたものを火の脇に滑り落とした。それはたくさんの、分厚《ぶあつ》い本だった。人々は、我先争《われさきあらそ》ってその本を火の中に放り投げる。くそったれ！　とか、このヤロウ！　とか言いながら。燃え上がり、炎が大きくなる度に、歓声が上がる。

シズ様は、本を一冊拾い上げた。例の、戦車の絵描きの画集だった。豪華《ごうか》な装丁《そうてい》で、買えば高そうな本だった。

「旅人さんかい？　その本ほしいのかい？　とっとくつもりかい？」

老婆《ろうば》がシズ様に聞いた。息子らしい中年の男に手を引かれている。シズ様は、後ろ二つの質問に首を振った。

「じゃあ、あたしに投げさせておくれ」

シズ様が私をちらっと見て、それから老婆《ろうば》に本を渡した。老婆は両手で、本を火の中に投げた。紙もよく燃える。

「ちょっともったいないな」

火の山を見ながらシズ様が言うと、老婆はふんっ！　と鼻で笑い、実に腹立たしそうに言った。

「もったいないもんかい。これくらいしないと、みんなもあたしも気がすまないさ」

「絵も燃やすし、画集も燃やす……。そこまでする理由を知りたいな」

老婆が言った。

「あたしらみんなして、詐欺《さぎ》にひっかかったのさ」

「詐欺？」

老婆の代わりに、中年の男がシズ様のその質問に答えた。

「……いらないものを、馬鹿《ばか》みたいな値段で買わされたんだ。それが頭にくるから、こうして燃やしてるんだ。じゃましないでくれよな」

「じゃまはしないが、具体的には、何があったんだ？　もし、話して辛いことでなかったら、教えてほしい」

シズ様が真剣な表情で聞いて、男は一瞬《いっしゅん》目をそらした。老婆が、

「いいから、旅人さんに説明しておやり。何があったか」

そう息子をけしかけた。

男が語り出す。

「この国では、五年前に終わった内戦《ないせん》のトラウマを、つい最近まで引きずっていた。お互いが、隣《となり》同士が何年も殺し合ったってことを」

「へえ。それで？」

「ようやくそれが自然に癒《い》えそうになった時、まあ二年半くらい前だ、グロテスクな戦場の、戦車《せんしゃ》が絡んだ絵が売り出された」

「あれか」

「そう……。最初にそれを見た数人が、『この絵は素晴らしい反戦へのメッセージだ！』とかなんとか勝手なこと言って、やたらめったら高い評価をした。俺を含む国民のみんなも、まあ、それまでの気分が気分だったたから、そんなものかな、なんて思って……」

男は、ばつの悪そうな顔をした。シズ様が合いの手を入れる。

「その絵描きの絵は、売れに売れた、と。値も上がった」

「そうだ……。みんな競い合って買った。金持ちなんか、見栄もあるからさんざん競り合った。俺みたいにそんな金のないやつは、しかたがないから画集や、それでも高い複製《ふくせい》なんかを買った。国民全員で、いっぱしの評論家気取《きど》りさ。猫も杓子《しやくし》も、『いい絵だ！』とか、『やはり争いはいけないことだ』とか、絵を見ながらのたまった。俺もその一人だ」

「それで？」

「それで、その馬鹿《ばか》みたいなブームが行き着くところまで行った時、ふと、みんな我に返った。五年以上前の戦争なんか本当はもうどうでもいいと、そんなトラウマなんか、実はすっかり払拭《ふっしょく》されてることに、全員が一斉《いっせい》に気づいたんだ。同時に、大したことのない戦車《せんしゃ》の絵に、大枚《たいまい》をはたいていたことにも」

「なるほど……。よく分かった。それでみんな頭にきて、自分達のふがいなさに腹を立てて、証拠《しょうこ》を一切《いっさい》残さないように燃やしまくっているのか」

シズ様が、すっかり感心して、実にシニカルに言った。逆に男は、説明しているうちにいろいろ嫌なことでも思い出したのか、すっかり意気消沈《しょうちん》していた。悲しい顔をして言う。

「本当に馬鹿みたいだったな。絵が売られ始めた時にだって、俺達の心の中には、平和であることを素直に楽しめる気持ちがあったんだ。昔の痛手《いたで》なんて、無理《むり》に思い出さなくても、もっと前向きに、今の生活を存分に楽しめばよかったんだ。本来そのために使うべきだった金を、価値のない絵なんかにつぎ込んで……。結局のところ、いい思いをしたのは、この絵描きと、絵を独占して卸《おろ》していた画廊《がろう》だけさ」

男はそう言った後、

「じゃあな、旅人さんも、俺達みたいな失敗はするなよ」

そう力無《な》くつぶやいて、母親の手を引いて去っていった。それを見送ったシズ様は、足下《あしもと》の私をちらっと見て、

「〝詐欺《さぎ》〟、か。どう思う？　陸《りく》」

私は言った。

「彼らは自業自得《じごうじとく》です。ですから、本気で可哀相《かわいそう》に思えます」

「……なるほど」

そしてシズ様は、数歩前に歩むと、たき火の炎《ほのお》にあたりながらつぶやいた。

「暖かいな」

別に観光が目的ではないから、シズ様は特別な理由でもない限り、一つの国に長くはいない。この国では、特に見るべきものはないと、次の日には出発することにした。朝早く、シズ様は愛用のバギーに燃料を補給して、必要分の携帯《けいたい》食料や水を積み込んだ。

シズ様は、城門へとバギーを走らせる。私は助手席で、前を見ていた。

寒空《さむぞら》の下、相変わらず雲が厚い。すぐにでも、雪がちらついてきそうな天気だ。シズ様は、セーターだけでは寒いので、その上に防水パーカーを着ている。そしてゴーグルとグローブ。

ふと、シズ様がバギーの速度をゆるめた。ここは国の外れで、見上げると首が痛くなりそうな石の壁が、威圧感《いあつかん》を与えている。辺《あた》りは畑で、今は乾いた土が見えるだけだ。

小型の三輪トラックが一台止まっていて、となりに折《お》り畳《たた》みのイスに座った青年がいた。彼の前には、イーゼルが立てられ、まっさらなキャンバスが置いてある。彼は景色に背を向け、ただ灰色一色《いっしょく》の城壁を見ていた。

シズ様がゆっくりとバギーを近づける。青年も、ゆっくりと振り向いた。死人のような、実に覇気《はき》のない顔をしている。

「どう思う?」

シズ様が私に聞いた。

「たぶん同じように」

「なるほど。でも違うかもしれない」

シズ様はバギーのエンジンを切った。

「おはよう」

バギーをおりて前に立ったシズ様の挨拶《あいさつ》に、青年は座ったまま軽く頭を下げた。静かに言う。

「珍しいバギーだね……。旅の人?」

「ああ。もう出国するところだけれどね。あなたは?　こんな寒いのに、外で絵を描いているのかい?」

「いいや……。もう、描いてないよ」

シズ様は一度私をちらっと見て、

「へえ。昔は、描いてたんだ？」

「うん」

「戦車《せんしゃ》の絵？」

シズ様がズバリと聞いて、

「うん」

絵描きは答えた。

「いくつか、見たよ。そんなに、悪い絵だとは思わなかった……。燃やしてしまうなんて、ひどい人達だな」

シズ様はそう言った。実際にひどいと思っているのかは、私には分からない。

そして絵描きは、シズ様を一度見て、それからとつとつと話し始めた。

「あれほど買ってくれたのに……、急にいらないって言われたんだ。本当に急にだよ。でもそれはいいや。まだいいんだ。僕だって、好きな戦車の絵を、好き勝手に描いていただけなんだから。でも、でも、いらないからって僕の絵を燃やすんだ。それが僕にはすごく悲しい。せっかく描いたのに……」

「そうか」

シズ様が神妙《しんみょう》な面持《おもも》ちで相づちを打った。絵描きは、無表情《む》のまま続ける。

「それで、それで、僕は、『燃やすくらいなら返してよ。僕が飾ったりしまったりしておくから。ひょっとしたら描き足すかもしれないから』。そう言ったんだ。でもみんな、『ふざけるな』とか、『燃やさずに気が済むか！』、とか言う。ひどいよ。……ずっと仲よくしてた画廊《がろう》の主人だって、こんなことを言った。『もうお前の絵はいらん。もうぜったいに売れんしな。ま、ブームとはいえ、今までみんながどうかしてたんだな。それにしても、俺もお前もだいぶ儲《もう》けたな。感謝してるぜ。もう俺も、画廊なんて止めてもいいな。お前も残りの人生好《す》き勝手《かって》に過ごせばいいだろう。だけど、絵はやめとけよ。元々お前に才能なんかないんだから』、って……。よく覚えてるでしょ？」

最後だけ、絵描きは自嘲《じちょう》ぎみに微笑《ほほえ》んだ。

「…………」

「僕はお金持ちになった。だから、国中の人から反感を買ってる。みんなを騙《だま》したんだって。僕は、好きな絵を描いていただけなのに……」

「今は、どうしてるんだい？」

「……前までは、いろいろなところにイーゼルを立てたけれど、今は人が多いところだと石を投げられるから、誰《だれ》もこないここで座ってる。戦車《せんしゃ》の絵はもう、描いてない。本当は描きたいんだけれど、なんでか分からないけど、描く気になれないんだ。描ける気にならないんだ。だから、今は、何かいやな気持ちを自分の中からどこかに移したくて、そうすれば少しは気分が晴れるかと思って、頭に思いついた変なものばかり、落書《らくが》きしてるんだ。面白くはないけど、なんにもしないよりはいい」

「ふーん……。それは、どこに？」

絵描きは、自分のトラックの荷台に目を向けた。

シズ様は、見せてもらっていいかい、と断ってから、荷台を開けて、そこにあったいくつかの油絵の一つを手に取った。

私は絵については何も分からないし、興味もない。しかし、その絵を見たシズ様が、一瞬《いっしゅん》息をのんだのには驚いた。

「これ……！」

それだけ言って、シズ様はしばらく絶句《ぜっく》していた。

その絵は、たくさんの人間が描かれているものだ。誰《だれ》も彼もいろいろな表情をしているが、みんな笑っているようにも見える。嘲笑《ちょうしょう》するように。

しばらく経《た》って、シズ様が両手に持った絵を見ながら、後ろにいる絵描きに聞いた。

「これ……、画商《がしょう》には、他《ほか》の人には見せたことあるかい？」

「ん？　ないよ。でも、描いていて見られたことはある」

「その人達は、これを見てなんて言った？」

「『絵の具のムダだ』って」

「…………」

「別にいいや。好きで描いてるものじゃないし」

シズ様が、絵を丁寧《ていねい》に置いて、絵描きに振り返った。

「なあ、絵描きさん。俺は……、その、絵には少しだけ詳しい。城……、実家《じっか》に、いろいろ飾ってあって、その……、家に馬鹿《ばか》みたいに詳しくてうるさい奴《やつ》がいたから、俺も知らないうちにいろいろ見てきたんだけど……」

実に珍しく、シズ様が興奮《こうふん》している。

ここでいうシズ様の実家というのは王家のことで、詳しくてうるさい奴とは父親だ。彼は謀《ぼう》反《はん》以前から、かなりのお金を絵画につぎ込んでいたらしい。

「……でだな、その、あなたの絵は、凄《すご》いぞ……。これ……、つまり……」

と、そこまで言って、シズ様は自分の思っていることがうまく表現できなかったのか、少し怒った。そしてちょっと怒鳴《どな》る。

「なんでこれが売れないんだ！　この国の連中は、みんな顔にキツツキの穴が空《あ》いてるのか？」

絵描きは、まったく表情を変えなかった。

「もう別に買ってくれなくてもいいよ。お金はたくさんあるんだ。みんなを騙《だま》して、〝搾取《さくしゅ》した〟お金が。食べるのに困ってないよ」

「…………」

シズ様はしばし絶句《ぜっく》の後、

「絵描きさん。あれ、あの絵、他《ほか》の国に持っていってみる気は、ないか？」

「ん？」

「俺が寄ったいくつかの国だったら、間違いなく売れると思う。それも凄《すご》い値段でな。とても高い評価を得られる。どうだろう？」

シズ様は楽しそうに早口《はやくち》でそう言ったが、絵描きは暗い表情を変えず、

「興味《きょうみ》ないよ」

「しかし……」

「もしほしければ旅人さんにあげるよ。燃やさないって約束してくれるなら、全部持っていっていいよ。売ればお金になるんなら」

絵描きはそう言ったが、シズ様の表情は曇《くも》る。

「それは、無理《むり》だ……。俺のバギーじゃ、絵を傷めずに運べない。とても残念だけれどね。じゃあこうしよう」

「ん？」

「俺はこれから寄る国で、君のことを宣伝する。ひょっとしたら誰《だれ》かが買いに来るかもしれない。そうしたら売ればいい。たぶん売れに売れるぞ」

その言葉に、絵描きは首を振った。

「そんなのどうでもいいよ。お金に困ってないよ。それに、僕はこんな変なものは本当は描きたくないんだ。こんなのを買うって人に、もっと描いてくれなんて言われるのはゴメンだ。僕は、本当は戦車《せんしゃ》の絵を描いていたいんだ。僕は……」

そして絵描きは、ゆっくりと泣き出した。頬《ほお》を涙が伝った。

「僕は戦車が好きなんだ。もっともっと、戦車の絵を描きたいんだ。でも描けないんだ……」

「…………」

絵描きは、足下《あしもと》にあった箱を開けて、道具を取り出す。パレットに絵の具をのせて、いきなり絵を描き始めた。泣きながら、キャンバスにテキパキと色をのせていく。それはやはり、他《ほか》のと同じような、どこか笑っているような人間を描いた絵になっていく。

絵描きはべそをかきながら、手をまったく休めることもなく、驚異的《きょういてき》な早さで一枚の油絵を完成させた。その様子《ようす》を、シズ様は黙《だま》ってずっと見ていた。たぶん感動しながら、なかば呆《あっ》気《け》にとられながら。

「ふう……。帰ろ」

絵描きはつぶやくと、できあがった絵にはまったく興味《きょうみ》がない様子で、適当に道具をしまった。絵を座っていたイスに立てかけて、イーゼルを畳《たた》んでトラックに積む。そして絵を持ち上げた時、シズ様が我に返って聞いた。

「そ、その絵。ど、どうするんだ？」

「どうもしないよ。捨てるのはいやだから、どっかにとっておくだけ。ほしければ、旅人さんにあげるけど」

シズ様は数秒、目を見開いて固まっていた。それから軽く首を何度も振ったが、絵から視線《しせん》をそらすことはなかった。絵描きが聞く。

「どうするの？」

絵に向かって、シズ様がゆっくりと両手を伸ばす。私は言った。

「どこに飾るおつもりですか？」

「くっ……！」

シズ様は一瞬《いっしゅん》、表情を険しくした。そして、伸ばした手を、ゆっくりとおろした。

「いいや……。残念だ」

「そう」

絵描きはその絵を荷台に積んだ。それじゃあ、と短く言い残して、絵描きは三輪トラックで走り去った。

シズ様は、バギーに戻ってきて、運転席に座った。前を向いたまま、私の頭に右手を置いて、わしゃわしゃと撫《な》でる。そしてつぶやいた。

「ここは寒いな」

私は言った。

「そうですね」

シズ様は大きく一度息《いき》を吐いて、バギーのエンジンをかけた。

あとがき（注・本文のネタばらしを一切含みません）
—Preface—（contains no NETABARASHI of the text.）

【御挨拶《ごあいさつ》】

皆様今日《こんにち》は。時雨沢恵一《しぐさわけいいち》です。私の小説、『キノの旅《たび》II—the Beautiful World—』を手にしていただき、本当にありがとうございます。


【特長】

本書はエンターテインメント小説で、『キノの旅』シリーズの二巻目となります。主人公のキノと、相棒《あいぼう》エルメスの旅の話で、若干《じゃっかん》の番外編を含みます。短編連作の形式を取り、各話はストーリー的に独立しています（一部除く）。

前巻の続編というよりは、その追加話《ばなし》としての要素が強く、時間的にもあえてバラバラになっています。長さも一定ではなく、五十ページを超える話もあれば、七ページで終わるものもあります。詳しくは目次を参照してください。

前巻と同じく、黒星紅白《くろぼしこうはく》さんの描く素敵なイラストが、ふんだんにちりばめられています。

【成分】

一冊中

紙……………………………………………………一冊分

インク（一部カラー）……………………………一冊分

製本用糊《のり》……………………………………一冊分

【効能・効果】

エンターテインメント、イラスト鑑賞《かんしょう》、暇《ひま》つぶし、ストレス解消、思考《しこう》訓練、日本語学習、漢字練習、小説作法学習（反面教師的方法も含む）、電撃《でんげき》文庫研究、本棚デコレート、〃読んだよ〃と言える、睡眠《すいみん》導入、インターネット掲示板のネタ、インスタント麺《めん》のフタ、その他《ほか》。

【用法・用量】

何回でもご使用ください。

初回に限り、話数どおりにご使用ください。

【使用上の注意】

＊暗いところで長時間使用されると、目が悪くなる恐れがあります。

＊御気分が悪くなったり、重くなったりした場合、すぐに使用を中断して何か楽しいことを思い出してください。

＊授業中使用される場合、先生に見つからないように十分注意してください。

＊人によって、まれに涙腺《るいせん》が刺激《しげき》され、涙や鼻水《はなみず》が出る場合があります。

＊本書はお風呂《ふろ》場での使用を想定して製作されていません。お風呂場では（特に入浴中は）できるだけ使用しないでください。

＊このあとがきは必要な時に読めるように、切り離したりせず、大切に保管してください。

この他《ほか》に、『キノの旅—the Beautiful World—』（文庫）があります。

二〇〇〇年（読書の）秋

時雨沢恵一《しぐさわけいいち》

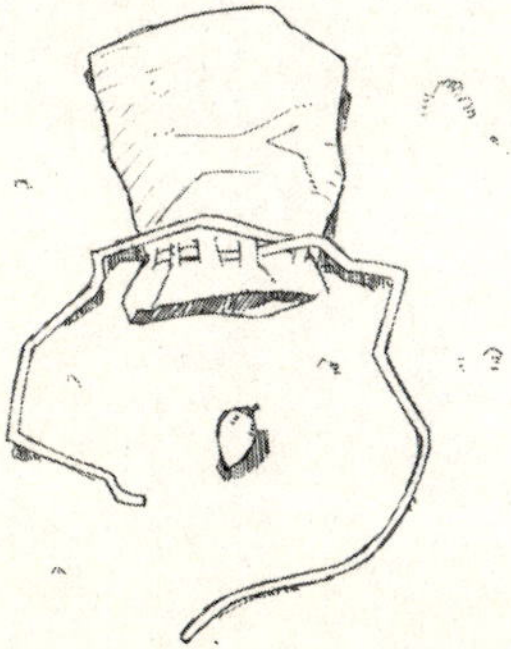

◉時雨沢恵一著作リスト

「キノの旅　the Beautiful World」（電撃文庫）

本書に対するご意見、ご感想をお寄せください。

■

あて先

〒101-8305 東京都千代田区神田駿河台1-8 東京YWCA会館
メディアワークス電撃文庫編集部
「時雨沢恵一先生」係
「黒星紅白先生」係

■

電撃文庫

キノの旅《たび》II

the Beautiful World

時雨沢恵一《しぐさわけいいち》

発行
二〇〇〇年十月二十五日　初版発行
二〇〇八年二月　五　日　五十版発行

発行者　久木敏行
発行所　株式会社メディアワークス
〒一〇一-八三〇五 東京都千代田区神田駿河台一-八
東京YWCA会館
電話〇三-五二八一-五二〇七（編集）

発売元　株式会社角川グループパブリッシング
〒一〇二-八一七七 東京都千代田区富士見二-十三-三
電話〇三-三二三八-八六〇五（営業）

装丁者　荻窪裕司（META+MANIERA）

印刷・製本　旭印刷株式会社

落丁・乱丁本はお取り替えいたします。
定価はカバーに表示してあります。

ISBN4-8402-1632-0 C0193

電撃文庫創刊に際して

文庫は、我が国にとどまらず、世界の書籍の流れのなかで〝小さな巨人〟としての地位を築いてきた。古今東西の名著を、廉価で手に入りやすい形で提供してきたからこそ、人は文庫を自分の師として、また青春の想い出として、語りついできたのである。

その源を、文化的にはドイツのレクラム文庫に求めるにせよ、規模の上でイギリスのペンギンブックスに求めるにせよ、いま文庫は知識人の層の多様化に従って、ますますその意義を大きくしていると言ってよい。

文庫出版の意味するものは、激動の現代のみならず将来にわたって、大きくなることはあっても、小さくなることはないだろう。

「電撃文庫」は、そのように多様化した対象に応え、歴史に耐えうる作品を収録するのはもちろん、新しい世紀を迎えるにあたって、既成の枠をこえる新鮮で強烈なアイ・オープナーたりたい。

その特異さ故に、この存在は、かつて文庫がはじめて出版世界に登場したときと、同じ戸惑いを読書人に与えるかもしれない。

しかし、〈Changing Time, Changing Publishing〉時代は変わって、出版も変わる。時を重ねるなかで、精神の糧として、心の一隅を占めるものとして、次なる文化の担い手の若者たちに確かな評価を得られると信じて、ここに「電撃文庫」を出版する。

1993年6月10日
角川歴彦

電撃文庫

キノの旅 the Beautiful World
時雨沢恵一
イラスト／黒星紅白
ISBN4−8402−1585−5

『世界は美しくなんかない、でもそれ故に美しい』——短編連作の形で綴られる人間キノと言葉を話す二輪車エルメスの旅の話。今までにない新感覚ノベルが登場。

し-8-1 0461

キノの旅II the Beautiful World
時雨沢恵一
イラスト／黒星紅白
ISBN4−8402−1632−0

人間キノと言葉を話す二輪車エルメスの旅の話。短編連作の形で綴られる、新感覚ノベル第2弾！ 大人気黒星紅白描き下ろしのカラーイラスト満載!!

し-8-2 0487

時空のクロス・ロード ピクニックは終末に
鷹見一幸
イラスト／あんみつ草
ISBN4−8402−1610−X

電撃hpに一挙掲載され、読者人気第1位を獲得した注目作。パラレル・ワールドに転移した高校生・木梨幸水。崩壊したその世界で彼が見たものとは——。

た-12-1 0478

タツモリ家の食卓 超生命襲来!!
古橋秀之
イラスト／前嶋重機
ISBN4−8402−1519−7

高校生の主人公十しっかり者の妹十グロウダイン帝国第三皇女十銀河連邦特務監査官十超電磁生命体〈リヴァイアサン〉＝古橋秀之が贈るSFホームコメディ!!

ふ-3-5 0447

タツモリ家の食卓2 星間協定調印
古橋秀之
イラスト／前嶋重機
ISBN4−8402−1613−4

グロウダイン帝国皇女と銀河連合大尉が同居するタツモリ家では騒動が絶えない。おまけに自衛隊の歩行兵器まで登場して……！ SFホームコメディ第2弾登場。

ふ-3-6 0474

電撃文庫

住めば都のコスモス荘

阿智太郎
イラスト／矢上裕

ISBN4－8402－1200－7

阿智太郎が「エルフを狩るモノたち」の矢上裕との新コンビで贈る、超おバカなSFヒーロー伝説！ なに凶悪犯が現れた！ 行くぞ！ 変身、ドッコイダー!!

あ-7-5　0348

住めば都のコスモス荘② ゆ〜えんちでドッコイ

阿智太郎
イラスト／矢上裕

ISBN4－8402－1334－8

阿智太郎が懲りずに放つ、新たなおバカ小説シリーズ第2弾。くだらねーけど止められない、阿智ワールドに大満足。どうせ読むなら笑わにゃ損そん!!

あ-7-7　0384

住めば都のコスモス荘③ 灰かぶり姫がドッコイ

阿智太郎
イラスト／矢上裕

ISBN4－8402－1412－3

阿智太郎がやっぱり放った、第2のおバカ小説シリーズ第3弾。矢上裕とのコンビもバッチリ。「くだらね〜」といいながら、そこで笑ってるあなた発見!!

あ-7-8　0421

住めば都のコスモス荘④ 最後のドッコイ

阿智太郎
イラスト／矢上裕

ISBN4－8402－1583－9

寂しいけど読まねばなるまい、おバカ小説シリーズ完結篇。おマヌケばかりのドッコイダーも最後は決めてくれるのか!? そして鈴雄に春は訪れるのか!?

あ-7-10　0465

九官鳥刑事《デカ》 明日は我が身の九官鳥

阿智太郎
イラスト／スズキユカ

ISBN4－8402－1486－7

阿智太郎の原点ともいえる幻の作品がついに文庫化！ なんたって九官鳥が刑事!? これだけでも笑えるっしょ！ これは読まなきゃなりませんぜ、お客さん。

あ-7-9　0439

電撃文庫

おちゃらか駅前劇場 阿智太郎短編集
阿智太郎
イラスト／スズキユカ
ISBN4－8402－1596－0
『僕の血を吸わないで』『住めば都のコスモス荘』でおなじみの阿智太郎が、初めて放つ短編集。「笑い」と「ほのぼの」と「涙」がつまった必読の5篇。
あ-7-11 0468

僕にお月様を見せないで① 月見うどんのバッキャロー
阿智太郎
イラスト／宮須弥
ISBN4－8402－1628－2
『僕の血を吸わないで』のあのコンビが再び組んだとなれば、これが笑えぬはずもなく、読まないわけにはいくまいぞ！ ファン待望の新シリーズ第1弾!!
あ-7-12 0483

TRAIN+TRAIN①
倉田英之
イラスト／たくま朋正
ISBN4－8402－1280－5
荒野を疾走する巨大な学校列車を舞台に、苦難と冒険と成長の1年を描くアクション・ストーリー第1弾！『大運動会』の倉田英之初のオリジナル小説！
く-2-7 0377

TRAIN+TRAIN②
倉田英之
イラスト／たくま朋正
ISBN4－8402－1476－X
峡谷を疾走する列車に迫る、直径200メートルもの巨大岩石！ 衝突まであと2時間!! どこにも逃げ場はない。生徒会長に選ばれてしまった礼一の決断とは？
く-2-8 0429

TRAIN+TRAIN③
倉田英之
イラスト／たくま朋正
ISBN4－8402－1631－2
事故調査員キャシーの目をごまかすため、スペシャルトレインをあげて理想的かつ世にも不自然な生徒を演じる礼一たちだが……。超巨大学園列車物語、第3弾！
く-2-9 0486

央華封神　武争篇1　雷鳴とどろく都
友野　詳
イラスト／田沼雄一郎
ISBN4－07－310261－3

前回の冒険から数年後、初めての統一国家建設を目指す男が現われ、央華世界に戦乱の幕が開く。友野詳書き下ろし、待望の新シリーズいよいよスタート!!

と-5-10　0297

央華封神　武争篇2　嘆きの声が響く空
友野　詳
イラスト／田沼雄一郎
ISBN4－07－311214－7

他国を従え、次第に勢力を拡大する国＝凱歌。この国の王は央華を救う覇者か？　邪仙の手先か？　目玉が張り付く、友野詳の最新バトルファンタジー第2弾!!

と-5-11　0328

央華封神　武争篇3　恐れを知らぬ刃の心
友野　詳
イラスト／田沼雄一郎
ISBN4－8402－1252－X

強大な軍事力を持った国、凱歌に対抗するため、来星晶は各地を訪ねる。虎玲の王は、「凱歌をこらしめるため、手を貸そう」と言うが……。

と-5-12　0368

央華封神　武争篇4　白妖の奏でる凱歌
友野　詳
イラスト／田沼雄一郎
ISBN4－8402－1489－1

央華を中央集権国家に変えようとする凱歌との決戦が迫る。その意図に隠された謎が、みずからにあると分かった星晶がとった行動とは？

と-5-13　0438

央華列仙伝　夜明け色の絆
友野　詳
イラスト／田沼雄一郎・かんなたかし
ISBN4－8402－1633－9

央華世界の仙人たちはいかにして、仙人足り得るのか？　シリーズ初の仙人の内幕を描く珠玉の短編集。バリエーション豊富な5編を収録。

と-5-14　0488

電撃文庫

アースフィア・クロニクル 大魔王アリス
あすか正太
イラスト／門井亜矢

ISBN4－8402－1629－0

魔王の心臓を埋め込まれたアリスは大魔王を倒す旅に出た。バカ全開な仲間に翻弄される乙女の運命やいかに!? 前人未踏のハイテンションファンタジー登場！

あ-12-1　0484

リングテイル 勝ち戦の君
円山夢久
イラスト／山村 路

ISBN4－8402－1418－2

伝説の騎士〈勝ち戦の君〉の正体とは…!? そして憧れの魔道師長と共に行軍し成長していく魔道師見習いマーニの運命は!? 第6回電撃ゲーム小説大賞〈大賞〉受賞作。

ま-5-1　0424

リングテイル② 凶運のチャズ
円山夢久
イラスト／山村 路

ISBN4－8402－1599－5

古の白き魔物の魔法に捕われ、マーニは奇妙な谷に迷い込んだ。そこで出会った盗賊の頭は、自らを凶運のチャズと名乗るが…。ハイ・ファンタジー第2弾！

ま-5-2　0467

DADDYFACE
伊達将範
イラスト／西E田

ISBN4－8402－1478－6

いきなり現れた美少女に「あなたの娘だもん」と言われた貧乏大学生・草刈鷲士はとんでもない事件に巻き込まれ……！ サービスシーン満載のラブ・コメ決定版。

た-9-4　0428

DADDYFACE世界樹の舟
伊達将範
イラスト／西E田

ISBN4－8402－1534－0

大学生の父親と中学生の娘――ふたりあわせて「ダーティ・フェイス」！ 微妙な関係の父娘が贈るラブコメアクション決定版。第2弾の舞台はドイツだ!!

た-9-5　0453

電撃文庫

パンツァーポリス1935

川上 稔
イラスト／しろー大野

ISBN4－07－305573－9

変形成長する飛行戦闘艦。光剣で斬りむすぶ空中戦。そしてしろー大野が描くにぎやかなキャラクターたち。第3回電撃ゲーム小説大賞〈金賞〉受賞作現る！

か-5-1 0149

都市シリーズ 機甲都市 伯林《ベルリン》 パンツァーポリス1937

川上 稔
イラスト／さとやす（TENKY）

ISBN4－8402－1531－6

義眼を移植された少女ヘイゼル。そして暴走を始めた独逸軍最新戦闘機「疾風」。両者を捕獲するため、独逸軍G機関が動き出した。シリーズ第2期スタート！

か-5-9 0458

都市シリーズ 機甲都市 伯林《ベルリン》2 パンツァーポリス1939

川上 稔
イラスト／さとやす（TENKY）

ISBN4－8402－1630－4

深い森の中で発掘されたものとは何か？ 防衛の要となる巨大航空戦艦の完成で、独逸の機甲都市化計画は完遂してしまうのか？「機甲都市伯林」待望の続編！

か-5-10 0485

エアリアルシティ

川上 稔
イラスト／中北晃二

ISBN4－07－306621－8

異世界のロンドンを舞台に、激突する魔物と人間――。愛情と憎悪が渦巻く戦いの果てにあるものとは？ 川上稔が贈る都市シリーズ第2弾、ついに登場！

か-5-2 0190

都市シリーズ 風水街都 香港〈上〉

川上 稔
イラスト／さとやす（TENKY）

ISBN4－07－309016－X

遺伝詞《ライブ》と拍詞《テンポ》が奏でる街…、人と異族が住む魔都―香港。失われた天界の復活を賭け、匪天《ナインアンゲル》たちは今、香港の崩壊と引き替えに大地竜を呼び起こす！

か-5-3 0263

電撃文庫

都市シリーズ 風水街都 香港〈下〉

川上 稔

イラスト／さとやす（TENKY）

ISBN4―07―309223―5

崩壊する香港の空に舞う大地竜。地上では匪天と香港商店師団の最後の闘いが始まった。アキラは天界の復活を賭けるダブルリーの野望を阻止できるのか!?

か-5-4　0266

都市シリーズ 蠢楽都市OSAKA〈上〉

川上 稔

イラスト／さとやす（TENKY）

ISBN4―07―310893―X

日本を東西に分裂させた近畿動乱より13年。大阪の最強神器開発の報を受け、東京圏が中立を保つ名護屋に侵攻。東京圏と大阪圏の新たな覇権戦争が始まった！

か-5-5　0323

都市シリーズ 蠢楽都市OSAKA〈下〉

川上 稔

イラスト／さとやす（TENKY）

ISBN4―07―311190―6

最強神器を生み出すため、ついに大阪圏は言詞加速器IXOLDEを起動させた。たがいに東西の覇権を求め、東京圏と大阪圏の闘いはクライマックスを迎える！

か-5-6　0330

都市シリーズ 閉鎖都市 巴里《パリ》〈上〉

川上 稔

イラスト／さとやす（TENKY）

ISBN4―8402―1349―6

情報と時間に閉ざされ1944年を永久に繰り返す閉鎖都市・巴里。重騎師ベレッタは曾祖父の残したアティゾール計画を追って99年の現代から巴里へ旅立つ。

か-5-7　0392

都市シリーズ 閉鎖都市 巴里《パリ》〈下〉

川上 稔

イラスト／さとやす（TENKY）

ISBN4―8402―1389―5

ベレッタの介入で仏蘭西の歴史は狂い始めていた。言詞爆弾により時空が閉ざされる日が近付く中、巴里の閉鎖は解かれ、永遠の連環から真に解放されるのか？

か-5-8　0414

電撃文庫

ブギーポップは笑わない
上遠野浩平
イラスト／緒方剛志
ISBN4－8402－0804－2

第4回ゲーム小説大賞〈大賞〉受賞作。上遠野浩平が描く、一つの奇怪な事件と、五つの奇妙な物語。少女がブギーポップに変わる時、何かが起きる――。

か-7-1　0231

ブギーポップ・リターンズ VSイマジネーターPart1
上遠野浩平
イラスト／緒方剛志
ISBN4－8402－0943－X

第4回電撃ゲーム小説大賞〈大賞〉受賞の上遠野浩平が書き下ろす、スケールアップした受賞後第1作。人の心を惑わすイマジネーターとは一体何者なのか……。

か-7-2　0274

ブギーポップ・リターンズ VSイマジネーターPart2
上遠野浩平
イラスト／緒方剛志
ISBN4－8402－0944－8

緒方剛志の個性的なイラストが光る〝リターンズ〟のパート2。人知を超えた存在に翻弄される少年と少女。ブギーポップは彼らを救うのか、それとも……。

か-7-3　0275

ブギーポップ・イン・ザ・ミラー「パンドラ」
上遠野浩平
イラスト／緒方剛志
ISBN4－8402－1035－7

ブギーポップ・シリーズ感動の第3弾。未来を視ることが出来る6人の少年少女。彼らの予知にブギーポップが現れた時、運命の車輪は回りだした……。

か-7-4　0306

ブギーポップ・オーバードライブ 歪曲王
上遠野浩平
イラスト／緒方剛志
ISBN4－8402－1088－8

ブギーポップ・シリーズ待望の第4弾。ブギーポップと歪曲王、人の心に棲む者同士が繰り広げる、不思議な闘い。歪曲王の意外な正体とは――？

か-7-5　0321

電撃文庫

夜明けのブギーポップ
上遠野浩平
イラスト／緒方剛志

ISBN4－8402－1197－3

「電撃ｈｐ」の読者投票で第1位を獲得した、ブギーポップ・シリーズの第5弾。異形の視点から語られる、ささやかで不可思議な、ブギー誕生にまつわる物語。

か-7-6　0343

ブギーポップ・ミッシング ペパーミントの魔術師
上遠野浩平
イラスト／緒方剛志

ISBN4－8402－1250－3

軌川十助――アイスクリーム作りの天才。ペパーミント色の道化師。そして〝失敗作〟。ブギーポップが〝見逃した《ミッシング》〟この青年の正体とは……。

か-7-7　0367

ブギーポップ・カウントダウン エンブリオ浸蝕
上遠野浩平
イラスト／緒方剛志

ISBN4－8402－1358－5

人の心に浸蝕し、尋常ならざる力を覚醒させる存在〝エンブリオ〟。その謎を巡って繰り広げられる、熾烈な戦い。果たしてブギーポップは誰を敵とするのか――。

か-7-8　0395

ブギーポップ・ウィキッド エンブリオ炎生
上遠野浩平
イラスト／緒方剛志

ISBN4－8402－1414－X

謎のエンブリオを巡る、見えぬ糸に操られた人々の物語が遂に完結する。宿命の二人が再び相まみえる時、その果てに待つのは地獄か未来か、それとも――。

か-7-9　0420

冥王と獣のダンス
上遠野浩平
イラスト／緒方剛志

ISBN4－8402－1597－9

〝ブギーポップ〟の上遠野浩平が描く、ひと味違う個性派ファンタジー。戦場で出会った少年兵士と奇蹟使いの少女。それは世界の運命を握る出来事だった――。

か-7-10　0496